沉 沦

郁达夫 著

泰山出版社·济南·

图书在版编目（CIP）数据

沉沦 / 郁达夫著. -- 济南 ：泰山出版社，2024.
7. --（中国近现代名家短篇小说精选）. -- ISBN 978
-7-5519-0849-8

Ⅰ．I246.7

中国国家版本馆CIP数据核字第2024TK3340号

CHENLUN

沉 沦

责任编辑 任春玉
装帧设计 路渊源

出版发行 泰山出版社
    社 址 济南市泺源大街2号 邮编 250014
    电 话 综合部（0531）82023579 82022566
        出版业务部（0531）82025510 82020455
    网 址 www.tscbs.com
    电子信箱 tscbs@sohu.com
印　　刷 山东通达印刷有限公司
成品尺寸 140 mm×210 mm 32开
印　　张 5.625
字　　数 110千字
版　　次 2024年7月第1版
印　　次 2024年7月第1次印刷
标准书号 ISBN 978-7-5519-0849-8
定　　价 32.00元

凡 例

一、本书收录了作者的经典短篇小说,主要展现了作者的思想情感、审美取向与价值观念,以及当时的时代风貌等。

二、将作品改为简体横排,以适应当代的阅读习惯。原文存在标点不明、段落不分等不便于阅读之处,编者酌情予以调整。

三、作品尽量依照原作,以保持原作风格及其时代韵味,同时根据需要,对原文进行了适当的删减和订正。

四、对有些当时惯用的文字,如"的""地""得""作""做""哪""那""化钱""记帐"等,仍多遵照旧用。

目 录

沉沦　001

银灰色的死　051

南迁　072

怀乡病者　136

血泪　144

春潮　162

沉　沦

一

他近来觉得孤冷得可怜。

他的早熟的性情，竟把他挤到与世人绝不相容的境地去，世人与他的中间介在的那一道屏障，愈筑愈高了。

天气一天一天的清凉起来，他的学校开学之后，已经快半个月了。那一天正是九月的二十二日。

晴天一碧，万里无云，终古常新的皎日，依旧在她的轨道上，一程一程的在那里行走。从南方吹来的微风，同醒酒的琼浆一般，带着一种香气，一阵阵的拂上面来。在黄苍未熟的稻田中间，在弯曲同白线似的乡间的官道上面，他一个人手里捧了一本六寸长的Wordsworth的诗集，尽在那里缓缓的独步。在这大平原内，四面并无人影；不知从何处飞来的一声两声的远吠声。悠悠扬扬的传到他耳膜上来。他眼睛离开了书,同做梦似的向有犬吠声的地方看去,但看见了一丛杂树,几处人家,同鱼鳞似的屋瓦上,有一层薄薄的蜃气楼,同轻纱似的,在那里飘荡。

"Oh, you serene gossamer! You beautiful gossamer!"

这样的叫了一声,他的眼睛里就涌出了两行清泪来,他自己也不知道是什么缘故。

呆呆的看了好久,他忽然觉得背上有一阵紫色的气息吹来,息索的一响,道旁的一枝小草,竟把他的梦境打破了,他回转头来一看,那枝小草还是颠摇不已,一阵带着紫罗兰气息的和风,温微微的喷到他那苍白的脸上来。在这清和的早秋的世界里,在这澄清透明的以太(Ether)中,他的身体觉得同陶醉似的酥软起来。他好像是睡在慈母怀里的样子。他好像是梦到了桃花源里的样子。他好像是在南欧的海岸,躺在情人膝上,在那里贪午睡的样子。

他看看四边,觉得周围的草木,都在那里对他微笑。看看苍空,觉得悠久无穷的大自然,微微的在那里点头。一动也不动的向天看了一会,他觉得天空中,有一群小天神,背上插着了翅膀,肩上挂着了弓箭,在那

里跳舞。他觉得乐极了。便不知不觉开了口,自言自语的说:

"这里就是你的避难所。世间的一般庸人都在那里妒忌你,轻笑你,愚弄你;只有这大自然,这终古常新的苍空皎日,这晚夏的微风,这初秋的清气,还是你的朋友,还是你的慈母,还是你的情人,你也不必再到世上去与那些轻薄的男女共处去,你就在这大自然的怀里,这纯朴的乡间终老了吧。"

这样的说了一遍,他觉得自家可怜起来,好像有万千哀怨,横亘在胸中,一口说不出来的样子。含了一双清泪,他的眼睛又看到他手里的书上去。

Behold her, single in the field,
You solitary Highland lass!
Reaping and singing by herself;
Stop here, or gently pass!
Alone she cuts, and binds the grain,
And sings a melancholy strain;
Oh, listen! for the vale profound,
Is overflowing with the sound.

沉 沦

看了这一节之后,他又忽然翻过一张来,脱头脱脑的看到那第三节去。

> Will no one tell me what she sings?
> Perhaps the plaintive numbers flow
> For old, unhappy, far-off things,
> And battle long ago:
> Or is it some more humble lay,
> Familiar matter of today?
> Some natural sorrow, loss, or pain,
> That has been and may be again!

这也是他近来的一种习惯,看书的时候,并没有次序的。几百页的大书,更可不必说了,就是几十页的小册子,如爱美生的《自然论》(Emerson's *On Nature*),沙罗的《逍遥游》(Thoreau's *Excursion*)之类,也没有完完全全从头至尾的读完一篇过。当他起初翻开一册书来看的时候,读了四行五行或一页二页,他每被那一本书感动,恨不得要一口气把那一本书吞下肚子里去的样子,到读了三页四页之后,他又生起一种怜惜的心来,他心里似乎说：

"像这样的奇书，不应该一口气就把它念完，要留着细细儿的咀嚼才好。一下子就念完了之后，我的热望也就不得不消灭，那时候我就没有好望，没有梦想了，怎么使得呢？"

他的脑里虽然有这样的想头，其实他的心里早有一些儿厌倦起来，到了这时候，他总把那本书收过一边，不再看下去。过几天或者过几个钟头之后，他又用了满腔的热忱，同初读那一本书的时候一样的，去读另外的书去；几日前或者几点钟前那样的感动他的那一本书，就不得不被他遗忘了。

放大了声音把渭迟渥斯的那两节诗读了一遍之后，他忽然想把这一首诗用中国文翻译出来。

《孤寂的高原刈稻者》

他想想看，The solitary reaper 诗题只有如此的译法。

你看那个女孩儿，她只一个人在田里，
你看那边的那个高原的女孩儿，她只一个
　人，冷清清地！
她一边刈稻，一边在那儿唱着不已：

她忽儿停了,忽儿又过去了,轻盈体态,
风光细腻!
她一个人,刈了,又重把稻儿捆起,
她唱的山歌,颇有些儿悲凉的情味:
听呀听呀!这幽谷深深,
全充满了她的歌唱的清音。

有人能说否,她唱的究是什么?
或者她那万千的痴话
是唱的前代的哀歌,
或者是前朝的战事,千兵万马:
或者是些坊间的俗曲,
便是目前的家常闲说?
或者是些天然的哀怨,必然的丧苦,自然
的悲楚,
这些事虽是过去的回思,将来想亦必有人
指诉。

他一口气译了出来之后,忽又觉得无聊起来,便自
嘲自骂的说道:

"这算是什么东西呀,岂不同教会里的赞美歌一样的乏味么?

英国诗是英国诗,中国诗是中国诗,又何必译来对去呢!"

这样的说了一句,他不知不觉便微微儿的笑起来。向四边一看,太阳已经打斜了;大平原的彼岸,西边的地平线上,有一座高山,浮在那里,饱受了一天残照,山的周围酝酿成一层朦朦胧胧的岚气,反射出一种紫不紫红不红的颜色来。

他正在那里出神呆看的时候,哼的咳嗽了一声,他的背后忽然来了一个农夫。回头一看,他就把他脸上的笑容装改了一副忧郁的面色,好像他的笑容是怕被人看见的样子。

二

他的忧郁症,愈闹愈甚了。

他觉得学校里的教科书,真同嚼蜡一般,毫无半点生趣。天气清朗的时候,他每捧了一本爱读的文学书,跑到人迹罕至的山腰水畔,去贪那孤寂的深味去。在万籁俱寂的瞬间,在水天相映的地方,他看看草木虫鱼,看看白云碧落，便觉得自家是一个孤高傲世的贤人，一个超然独立的隐者。有时在山中遇着一个农夫，他便把自己当作了Zarathustra，把Zarathustra所说的话，也在心里对那农夫讲了。他的Megalomania也同他的Hypochondria成了正比例，一天一天的增加起来。在这样的时候，也难怪他不愿意上学校去，去作那同机械一样的工夫去。他竟有连接四五天不上学校去听讲的时候。

有时候他到学校里去，他每觉得众人都在那里凝视他的样子。他避来避去想避他的同学，然而无论到了什么地方，他的同学的眼光，总好像怀了恶意，射在他背脊上的样子。

上课的时候，他虽然坐在全班学生的中间，然而总觉得孤独得很：在稠人广众之中，感得的这种孤独，倒比一个人在冷清的地方，感得的那种孤独，还更难受。看看他的同学看，一个个都是兴高采烈的在那里听先生的讲义，只有他一个人身体虽然坐在讲堂里头，心想却同飞云逝电一般，在那里作无边无际的空想。

好容易下课的钟声响了！先生退去之后，他的同学说笑的说笑，谈天的谈天，个个都同春来的燕雀似的，在那里作乐；只有他一个人锁了愁眉，舌根好像被千钧的巨石锤住的样子，兀的不作一声。他也很希望他的同学来对他讲些闲话，然而他的同学却都自家管自家的去寻欢乐去，一见了他那一副愁容，没有一个不抱头奔散的，因此他愈加怨他的同学了。

"他们都是日本人，他们都是我的仇敌，我总有一天来复仇，我总要复他们的仇。"

一到了悲愤的时候，他总这样的想的，然而到了安静之后，他又不得不嘲骂自家说：

"他们都是日本人，他们对你当然是没有同情的，因为你想得他们的同情，所以你怨他们，这岂不是你自家的错误么？"

他的同学中的好事者，有时候也有人来向他说笑的，他心里虽然非常感激，想同那一个人谈几句至心的话，然而口中总说不出什么话来；所以有几个解他的意的人，也不得不同他疏远了。

他的同学日本人在那里欢笑的时候，他总疑他们是在那里笑他，他就一霎时的红起脸来。他们在那里谈天的时候，若有偶然看他一眼的人，他又忽然红起脸来，以为他们是在那里讲他。他同他同学中间的距离，一天一天的远背起来，他的同学都以为他是爱孤独的人，所以谁也不敢来近他的身。

有一天放课之后,他挟了书包,回到他的旅馆里来,有三个日本学生同他同路的。将要到他寄寓的旅馆的时候,前面忽然来了两个穿红裙的女学生。在这一区市外的地方,从没有女学生看见的,所以他一见了这两个女子,呼吸就紧缩起来。他们四个人同那两个女子擦过的时候,他的三个日本人的同学都问她们说:

"你们上哪儿去?"

那两个女学生就作起娇声来回答说:

"不知道!"

"不知道!"

那三个日本学生都高声笑起来,好像是很得意的样子;只有他一个人似乎是他自家同她们讲了话似的,匆匆跑回旅馆里来。进了他自家的房,把书包用力的向席上一丢,他就在席上躺下了——日本室内都铺的席子,坐也席地而坐,睡也睡在席上的——他的胸前还在那里乱跳;用了一只手枕着头,一只手按着胸口,他便自嘲自骂的说:

"You coward fellow, you are too coward!

"你既然怕羞,何以又要后悔?

"既要后悔,何以当时你又没有那样的胆量?不同她们去讲一句话?

"Oh, coward, coward!"

说到这里,他忽然想起刚才那两个女学生的眼波来了。那两双活泼泼的眼睛!

那两双眼睛里,确有惊喜的意思含在里头。然而再仔细想了一想,他又忽然叫起来说:

"呆人呆人!她们虽有意思,与你有什么相干?她们所送的秋波,不是单送给那三个日本人的么?唉!唉!她们已经知道了,已经知道我是中国人了,否则她们何以不来看我一眼呢!复仇复仇,我总要复她们的仇。"

说到这里,他那火热的颊上忽然滚了几颗冰冷的眼泪下来。他是伤心到极点了。这一天晚上,他记的日记说:

"我何苦要到日本来,我何苦要求学问。既然到了日本,那自然不得不被他们日本人轻侮的。中国呀中国!你怎么不富强起来。我不能再隐忍过去了。

"故乡岂不有明媚的山河,故乡岂不有如花的美女?我何苦要到这东海的岛国里来!

"到日本来倒也罢了,我何苦又要进这该死的高等学校。他们留了五个月学回去的人,岂不在那里享荣华安乐么？这五六年的岁月，教我怎么能捱得过去。受尽了千辛万苦，积了十数年的学识，我回国去，难道定能比他们来胡闹的留学生更强么？

"人生百岁，年少的时候，只有七八年的光景，这最纯最美的七八年，我就不得不在这无情的岛国里虚度过去，可怜我今年已经是二十一了。

"槁木的二十一岁！

"死灰的二十一岁！

"我真还不如变了矿物质的好，我大约没有开花的日子了。

"知识我也不要，名誉我也不要，我只要一个能安慰我体谅我的'心'。一副白热的心肠！从这一副心肠里生出来的同情！从同情而来的爱情！

"我所要求的就是爱情！

"若有一个美人，能理解我的苦楚，她要我死，我也肯的。

"若有一个妇人，无论她是美是丑，能真心真意的爱我，我也愿意为她死的。

"我所要求的就是异性的爱情！

"苍天呀苍天，我并不要知识，我并不要名誉，我也不要那些无用的金钱,你若能赐我一个伊甸园内的'伊扶',使她的肉体与心灵,全归我有,我就心满意足了。"

三

他的故乡,是富春江上的一个小市,去杭州水程不过八九十里。这一条江水,发源安徽,贯流全浙,江形曲折,风景常新:唐朝有一个诗人赞这条江水说"一川如画"。他十四岁的时候,请了一位先生写了这四个字,贴在他的书斋里,因为他的书斋的小窗,是朝着江面的。虽则这书斋结构不大,然而风雨晦明,春秋朝夕的风景,也还抵得过滕王高阁。在这小小的书斋里过了十几个春秋,他才跟了他的哥哥到日本来留学。

他三岁的时候就丧了父亲,那时候他家里困苦得不堪。好容易他长兄在日本W大学卒了业,回到北京,考了一个进士,分发在法部当差,不上两年,武昌的革命起来了。那时候他已在县立小学堂卒了业,正在那里换来换去的换中学堂。他家里的人都怪他无恒性,说他的心思太活;然而依他自己讲来,他以为他一个人同别的学生不同,不能按部就班的同他们同在一处求学的。所以他进了K府中学之后,不上半年又忽然转到H府中学来；在H府中学住了三个月，革命就起来了。H府中学停学之后，他依旧只能回到他那小小的书斋里来。第二年的春天，正是他十七岁的时候，他就进了H大学的预科。这大学是在杭州城外，本来是美国长老会捐钱创办的，所以学校里浸润了一种专制的弊风，学生的自由，几乎被缩服得同针眼儿一般的小。礼拜三的晚上有什么祈祷会，礼拜日非但不准出去游玩，并且在家里看别的书也不准的，除了唱赞美诗祈祷之外，只许看新旧约书。每天早晨从九点钟到九点二十分，定要去做礼拜，不去做礼拜，就要扣分数记过。他虽然非常爱那学校近旁的山水景物，然而他的心里，总有些反抗的意思，因为他是一个爱自由的人，对那些迷信的管束，怎么也不甘心服从的。住不上半年，那大学里的厨子，托了校长的势，竟打起学生来。学生中间有几个不服的，便去告诉校长，校长反说学生不是。他看看这些情形，实在是太无道理了，就立刻去告了退，仍复回家，到那小小的书斋里去，那时候已经是六月初了。

在家里住了三个多月，秋风吹到富春江上，两岸的绿树，就快凋落的时候，他又坐了帆船，下富春江，上杭州去。却好那时候石牌楼的W中学正在那里招插班生，他进去见了校长M氏，把他的经历说给了M氏夫妻听，M氏就许他插入最高的班里去。这W中学原来也是一个教会学校，校长M氏，也是一个糊涂的美国宣教师；他看看这学校的内容倒比H大学不如了。与一位很卑鄙的教务长——原来这一位先生就是H大学的卒业生——闹了一场，第二年的春天，他就出来了。出了W中学，他看看杭州的学校，都不能如他的意，所以他就打算不再进别的学校去。

正是这个时候，他的长兄也在北京被人排斥了。原来他的长兄为人正直得很，在部里办事，铁面无私，并且比一般部内的人物又多了一些学识，所以部内上下，都忌惮他。有一天某次长的私人，来问他要一个位置，他执意不肯，因此次长就同他闹起意见来，过了几天他就辞了部里的职，改到司法界去做司法官去了。他的二兄那时候正在绍兴军队里作军官，这一位二兄军人习气颇深，挥金如土，专喜结交侠少。他们弟兄三人，到这时候都不能如意之所为，所以那一小市镇里的闲人都说他们的风水破了。

他回家之后，便镇日镇夜的蛰居在他那小小的书斋里。他父祖及他长兄所藏的书籍，就作了他的良师益友。他的日记上面，一天一天的记起诗来。有时候他也用了华丽的文章做起小说来；小说里就把他自己当作了一个多情的勇士，把他邻近的一家寡妇的两个女儿，当作了贵族的苗裔，把他故乡的风物，全编作了田园的清景；有兴的时候，他还把他自家的小说，用单纯的外国文翻译起来；他的幻想，愈演愈大了，他的忧郁病的根苗，大约也就在这时候培养成功的。

在家里住了半年，到了七月中旬，他接到他长兄的来信说：

"院内近有派予赴日本考察司法事务之意，予已许院长以东行，大约此事不日可见命令。渡日之先，拟返里小住。三弟居家，断非上策，此次当偕伊赴日本也。"

他接到了这一封信之后，心中日日盼他长兄南来，到了九月下旬，他的兄嫂才自北京到家。住了一月，他就同他的长兄长嫂同到日本去了。

到了日本之后，他的dreams of the romantic age尚未醒悟，模模糊糊的过了半载，他就考入东京第一高等学校里去了。这正是他十九岁的秋天。

第一高等学校将开学的时候，他的长兄接到了院长的命令，要他回去。他的长兄便把他寄托在一家日本人的家里，几天之后，他的长兄长嫂和他的新生的侄女儿就回国去了。

东京的第一高等学校里有一班预备班，是为中国学生特设的。

在这预科里预备一年，卒业之后，才能入各地高等学校的正科，与日本学生同学。他考入预科的时候，本来填的是文科，后来将在预科卒业的时候，他的长兄定要他改到医科去，他当时亦没有什么主见，就听了他长兄的话把文科改了。

预科卒业之后，他听说N市的高等学校是最新的，并且N市是日本产美人的地方，所以他就要求到N市的高等学校去。

四

他的二十岁的八月二十九日的晚上，他一个人从东京的中央车站乘了夜行车到N市去。

那一天大约刚是旧历的初三四的样子，同天鹅绒似的又蓝又紫的天空里，洒满了一天星斗。半痕新月，斜挂在西天角上，却似仙女的蛾眉，未加翠黛的样子。他一个人靠着了三等车的车窗，默默的在那里数窗外人家的灯火。火车在暗黑的夜气中间，一程一程的进去，那大都市的星星灯火，也一点一点的朦胧起来，他的胸中忽然生了万千哀感，他的眼睛里就忽然觉得热起来了。

"Sentimental, too sentimental！"

这样的叫一声，把眼睛揩了一下，他反而自家笑起自家来。

"你也没有情人留在东京，你也没有弟兄知己住在东京，你的眼泪究竟是为谁洒的呀！或者是对于你过去的生活的伤感，或者是对你二年间的生活的余情，然而你平时不是说不爱东京的么？"

"唉，一年人住岂无情。"

"黄莺住久浑相识，欲别频啼四五声！"

胡思乱想的寻思了一会，他又忽然想到初次赴新大陆去的清教徒身上去。

"那些十字架下的流人，离开他故乡海岸的时候，大约也是悲壮淋漓，同我一样的。"

火车过了横滨，他的感情方才渐渐儿的平静起来。呆呆的坐了一忽，他就取了一张明信片出来，垫在海涅（Heine）的诗集上，用铅笔写了一首诗寄他东京的朋友。

峨眉月上柳梢初，又向天涯别故居。

四壁旗亭争赌酒，六街灯火远随车。

乱离年少无多泪，行李家贫只旧书。

夜后芦根秋水长，凭君南浦觅双鱼。

在朦胧的电灯光里，静悄悄的坐了一会，他又把海涅的诗集翻开来看了。

Lebet wohl, ihr glatten Saele,

Glatte Herren, glatte, Frauen!

Auf die Berge will ich steigen,

Lac end auf euch niederschauen!

Aus Heines Buch der Lieder.

浮薄的尘寰，无情的男女，

你看那隐隐的青山，我欲乘风飞去，

且住且住，

我将从那绝顶的高峰，笑看你终归何处。

单调的轮声，一声声连连续续的飞到他的耳膜上来，不上三十分钟，他竟被这催眠的车轮声引诱到梦幻的仙境里去了。

早晨五点钟的时候，天空渐渐儿的明亮起来。在车窗里向外一望，他只见一线青天还被夜色包住在那里。探头出去一望，一层薄雾，笼罩着一幅天然的画图，他心里想了一想：

"原来今天又是清秋的好天气，我的福分，真可算不薄了。"

过了一个钟头，火车就到了N市的停车场。

下了火车，在车站上遇见了一个日本学生；他看看那学生的制帽上也有两条白线，便知道他也是高等学校的学生。他走上前去，对那学生脱了一脱帽，问他说：

"第X高等学校是在什么地方的？"

那学生回答说：

"我们一路去吧。"

他就跟了那学生跑出火车站来；在火车站的前头，乘了电车。

早晨还早得很，N市的店家都还未曾起来。他同那日本学生坐了电车，经过了几条冷清的街巷，就在鹤舞公园前面下了车。他问那日本学生说：

沉 沦

"学校还远得很么?"

"还有二里多路。"

穿过了公园,走到稻田中间的细路上的时候,他看见太阳已经起来了。稻上的露滴,还同明珠似的挂在那里。前面有一丛树林,树林荫里,疏疏落落的看得见几椽农舍。有两三条烟囱筒子,突出在农舍的上面,隐隐约约的浮在清晨的空气里。一缕两缕的青烟,同炉香似的在那里浮动,他知道农家已在那里炊早饭了。

到学校近边的一家旅馆去一问,他一礼拜前头寄出的几件行李,已经到在那里。原来那一家人家是住过中国留学生的,所以主人待他也很殷勤。在那一家旅馆里住下了之后,他觉得前途好像有许多欢乐在那里等他的样子。

他的前途的希望,在第一天的晚上,就不得不被目前的实情嘲弄了。原来他的故里,也是一个小小的市镇。到了东京之后,在人山人海的中间,他虽然时常觉得孤独,然而东京的都市生活,同他幼时的习惯尚无十分龃龉的地方。如今到了这N市的乡下之后,他的旅馆,是一家孤立的人家,四面并无邻舍,左首门外便是一条如发的大道,前后都是稻田,西面是一方池水,并且因为学校还没有开课，别的学生还没有到来，这一间宽旷的旅馆里，只住了他一个客人。白天倒还可以支吾过去，一到了晚上，他开窗一望，四面都是沉沉的黑影，并且因N市的附近是一大平原，所以望眼连天，四面并无遮障之处，远远里有一点灯火，明灭无常，森然有些鬼气。天花板里，又有许多虫鼠，息栗索落的在那里争食。窗外有几株梧桐，微风动叶，咄咄的响得不已，因为他住在二层楼上，所以梧桐的叶战声，近在他的耳边。他觉得害怕起来，几乎要哭出来了。他对于都市的怀乡病（Nostalgia），从未有比那一晚更甚的。

学校开了课，他朋友也渐渐儿的多起来。感受性非常强烈的他的性情，也同天空大地丛林野水融和了。不上半年，他竟变成了一个大自然的宠儿，一刻也离不了那天然的野趣了。

他的学校是在N市外，刚才说过N市的附近是一大平原，所以四边的地平线，界限广大得很。那时候日本的工业还没有十分发达，人口也还没有增加得同目下一样，所以他的学校的近边，还多是丛林空地，小阜低冈。除了几家与学生做买卖的文房具店及菜馆之外，附近并没有居民。荒野的中间，只有几家为学生而设的旅馆，同晓天的星影一般，散缀在麦田瓜地的中央。晚饭毕后，披了黑呢的缦斗（Le mantean），拿了爱读的书，在迟迟不落的夕照中间，散步逍遥，是非常快乐的。他的田园趣味，大约也是在这Idyllic Wanderings的中间养成的。

在生活竞争不十分猛烈，逍遥自在，同中古时代一样的时候；在风气纯良，不与市井小人同处，清闲雅淡的地方；过日子正如做梦一般。他到了N市之后，转瞬之间，已经有半载多了。

熏风日夜的吹来，草色渐渐儿的绿起来，旅馆近旁麦田里的麦穗，也一寸一寸的长起来了。草木虫鱼都化育起来，他的从始祖传来的苦闷也一日一日的增长起来，他每天早晨，在被窝里犯的罪恶，也一次一次的加起来了。

他本来是一个非常爱高尚爱洁净的人，然而一到了这邪念发生的时候，他的智力也无用了，他的良心也麻痹了，他从小服膺的"身体发肤""不敢毁伤"的圣训，也不能顾全了。他犯了罪之后，每深自痛悔，切齿的说，下次总不再犯了，然而到了第二天的那个时候，种种幻想，又活泼泼的到他的眼前来。他平时所看见的"伊扶"的遗类，都赤裸裸的来引诱他。中年以后的

Madam的形体，在他的脑里，比处女更有挑发他情动的地方。他苦闷一场，恶斗一场，终究不得不做她们的俘虏。这样的一次成了两次，两次之后，就成了习惯了。他犯罪之后，每到图书馆里去翻出医书来看，医书上都千篇一律的说，于身体最有害的就是这一种犯罪。从此之后，他的恐惧心也一天一天的增加起来。有一天他不知道从什么地方得来的消息，好像是一本书上说，俄国近代文学的创设者Gogol也犯这一宗病，他到死竟没有改过来，他想到了Gogol，心里就宽了一宽，因为这《死了的灵魂》的著者，也是同他一样的。然而这不过自家对自家的宽慰而已，他的胸里，总有一种非常的忧虑存在那里。

因为他是非常爱洁净的，所以他每天总要去洗澡一次，因为他是非常爱惜身体的，所以他每天总要去吃几个生鸡子和牛乳；然而他去洗澡或吃牛乳鸡子的时候，他总觉得惭愧得很，因为这都是他的犯罪的证据。

他觉得身体一天一天的衰弱起来，记忆力也一天一天的减退了，他又渐渐儿的生了一种怕见人面的心，见了妇人女子的时候，他觉得更加难受。学校的教科书，他渐渐的嫌恶起来，法国自然派的小说，和中国那几本有名的诲淫小说，他念了又念，几乎记熟了。

有时候他忽然做出一首好诗来，他自家便喜欢得非常，以为他的脑力还没有破坏。那时候他每对着自家起誓说：

"我的脑力还可以使得，还能做得出这样的诗，我以后决不再犯罪了。过去的事实是没法，我以后总不再犯罪了。若从此自新，我的脑力，还是很可以的。"

然而一到了紧迫的时候，他的誓言又忘了。

每礼拜四五，或每月的二十六七的时候，他索性尽意的贪起欢来。他的心里想，自下礼拜一或下月初一起，我总不犯罪了。有时候正合到礼拜六或月底的晚上，去剃头洗澡去，以为这就是改过自新的记号，然而过几天，他又不得不吃鸡子和牛乳了。

他的自责心同恐惧心，竟一日也不使他安闲，他的忧郁症也从此厉害起来了。这样的状态继续了一二个月，他的学校里就放了暑假。暑假的两个月内，他受的苦闷，更甚于平时；到了学校开课的时候，他的两颊的颧骨更高起来，他的青灰色的眼窝更大起来。他的一双灵活的瞳人，变了同死鱼的眼睛一样了。

五

秋天又到了。浩浩的苍空,一天一天的高起来。他的旅馆旁边的稻田,都带起黄金色来。朝夕的凉风,同刀也似的刺到人的心骨里去,大约秋冬的佳日,来也不远了。

一礼拜前的有一天午后,他拿了一本Wordsworth的诗集,在田塍路上逍遥漫步了半天。从那一天以后,他的循环性的忧郁症,尚未离他的身过。前几天在路上遇着的那两个女学生,常在他的脑里,不使他安静:想起那一天的事情,他还是一个人要红起脸来。

他近来无论上什么地方去,总觉得有坐立难安的样子。他上学校去的时候,觉得他的日本同学都似在那里排斥他。他的几个中国同学,也许久不去寻访了,因为去寻访了回来,他心里反觉得空虚。他的几个中国同学,怎么也不能理解他的心理。他去寻访的时候,总想得些同情回来的,然而谈了几句以后,他又不得不自悔寻访错了。有时候讲得投机,他就任了一时的热意,把他的内外的生活都讲了出来,然而到了归途,他又自悔失言,心理的责备,倒反比不去访友的时候,更加厉害。他的几个中国朋友,因此都说他是染了神经病了。他听了这话之后,对了那几个中国同学,也同对日本学生一样,起了一种复仇的心。他同他的几个中国同学,一日一日的疏远起来。虽在路上,或在学校里遇见的时候,他同那几个中国同学,也不点头招呼。中国留学生开会的时候,他当然是不去出席的。因此他同他的几个同胞,竟宛然成了两家仇敌。

他的中国同学的里边,也有一个很奇怪的人:因为他自家的结婚有些道德上的罪恶,所以他专喜讲人的丑事,以掩己之不善,说他是神经病,也是这一位同学说的。

他交游离绝之后,孤冷得几乎到将死的地步,幸而他住的旅馆里,还有一个主人的女儿,可以牵引他的心,否则他真只能自杀了。他旅馆的主人的女儿,今年正是十七岁,长方的脸儿,眼睛大得很,笑起来的时候,面上有两颗笑靥,嘴里有一颗金牙看得出来,因为她的笑容是非常可爱,所以她也时常在那里笑的。

他心里虽然非常爱她,然而她送饭来或来替他铺被的时候,他总装出一种兀不可犯的样子来。他心里虽想对她讲几句话,然而一见了她,他总不能开口。她进他房里来的时候,他的呼吸竟急促到吐气不出的地步。他在她的面前实在是受苦不起了,所以近来她进他的房里来的时候,他每不得不跑出房外去。然而他思慕她的心情,却一天一天的浓厚起来。有一天礼拜六的晚上,旅馆里的学生,都上N市去行乐去。他因为经济困难,所以吃了晚饭,上西面池上去走了一回,就回来了。

回家来坐了一会,他觉得那空旷的二层楼上,只有他一个人在家。静悄悄的坐了不耐烦起来的时候,他又想跑出外面去。然而要跑出外面去,不得不由主人的房门口经过,因为主人和他女儿的房,就在大门的边上。他记得刚才进来的时候,主人和他的女儿正在那里吃饭。他一想到经过她面前的时候的苦楚,就把跑出外面去的心思丢了。

拿出了一本G.Gissing的小说来读了三四页之后,静寂的空气里,忽然传了几声煞煞的泼水声音过来。他静静儿的听了一听,呼吸又一霎时的急了起来,面色也涨红了。迟疑了一会,他就轻轻的开了房门,拖鞋也不拖,幽脚幽手的走下扶梯去。轻轻的开了便所的门,他尽兀兀的站在便所的玻璃窗口偷看。原来他旅馆里的浴室,就在便所的间壁,从便所的玻璃窗里看去,浴室里的动静了了可见。他起初以为看一看就可以走的,然而到了一看之后,他竟同被钉子钉住的一样,动也不能动了。

那一双雪样的乳峰!

那一双肥白的大腿!

这全身的曲线!

呼气也不呼,仔仔细细的看了一会,他面上的筋肉,都发起痉来。愈看愈颤得厉害,他那发颤的前额部竟同玻璃窗冲击了一下。被蒸气包住的那赤裸裸的"伊扶"便发了娇声问说:

"是谁呀……"

他一声也不响,急忙跳出了便所,就三脚两步的跑上楼上去了。

他跑到了房里,面上同火烧的一样,口也干渴了。一边他自家打自家的嘴巴,一边就把他的被窝拿出来睡了。他在被窝里翻来覆去,总睡不着,便立起了两耳,听起楼下的动静来。他听听泼水的声音也息了,浴室的门开了之后,他听见她的脚步声好像是走上楼来的样子。用被包着了头,他心里的耳朵明明告诉他说:

"她已经立在门外了。"

他觉得全身的血液,都在往上奔注的样子。心里怕

沉沦

得非常,羞得非常,也喜欢得非常。然而若有人问他,他无论如何,总不肯承认说,这时候他是喜欢的。

他屏住了气息,尖着了两耳听了一会,觉得门外并无动静,又故意咳嗽了一声,门外亦无声响。他正在那里疑惑的时候,忽听见她的声音,在楼下同她的父亲在那里说话。他手里捏了一把冷汗,拼命想听出她的话来,然而无论如何总听不清楚。停了一会,她的父亲高声的笑了起来,他把被蒙头的一罩,咬紧了牙齿说:

"她告诉了他了!她告诉了他了!"

这一天的晚上,他一睡也不曾睡着。第二天的早晨,天亮的时候,他就惊心吊胆的走下楼来。洗了手面,刷了牙,趁主人和他的女儿还没有起来之先,他就同逃也似的出了那个旅馆,跑到外面来。

官道上的沙尘,染了朝露,还未曾干着。太阳已经起来了。他不问皂白,一直的往东走去,远远有一个农夫,拖了一车野菜慢慢的走来。那农夫同他擦过的时候,忽然对他说:

"你早啊!"

他倒惊了一跳,那清瘦的脸上,又起了一层红潮,胸前又乱跳起来,他心里想:

"难道这农夫也知道了么？"

无头无脑的跑了好久，他回转头来看看他的学校，已经远得很了。太阳也升高了。他摸摸表看，那银饼大的表，也不在身边。从太阳的角度看起来，大约已经是九点钟前后的样子。他虽然觉得饥饿得很，然而无论如何，总不愿意再回到那旅馆里去，同主人和他的女儿相见。想去买些零食充一充饥，然而他摸摸自家的袋看，袋里只剩了一角二分钱在那里。他到一家乡下的杂货店内，尽那一角二分钱，买了些零碎的食物，想去寻一处无人看见的地方去吃。走到了一处两路交叉的十字路口，他朝南的一望，只见与他的去路横交的那一条自北趋南的路上，行人稀少得很。那一条路是向南的斜低下去的，两面更有高壁在那里，他知道这路是从一条小山中开辟出来的。他刚才走来的那条大道，便是这山的岭脊，十字路当作了中心，与岭脊上的那条大道相交的横路，是两边低斜下去的。在十字路口迟疑了一会，他就取了那一条向南斜下的路走去。走尽了两面的高壁，他的去路就穿入大平原去，直通到彼岸的市内。平原的彼岸有一簇深林，划在碧空的心里，他心里想：

"这大约就是A神宫了。"

沉 沦

  他走尽了两面的高壁，向左手斜面上一望，见沿高壁的那山面上有一道女墙，围住着几间茅舍，茅舍的门上悬着了"香雪海"三字的一方匾额。他离开了正路，走上几步，到那女墙的门前，顺手的向门一推，那两扇柴门竟自开了。他就随随便便的踏了进去：门内有一条曲径，自门口通过了斜面，直达到山上去的。曲径的两旁，有许多老苍的梅树种在那里，他知道这就是梅林了。顺了那一条曲径，往北的从斜面上走到山顶的时候，一片同图画似的平地，展开在他的眼前。这园自从山脚上起，跨有朝南的半山斜面，同顶上的一块平地，布置得非常幽雅。

  山顶平地的西面是千仞的绝壁，与隔岸的绝壁相对峙，两壁的中间，便是他刚走过的那一条自北趋南的通路。背临着了那绝壁，有一间楼屋，几间平屋造在那里。因为这几间屋，门窗都闭在那里，他所以知道这定是为梅花开日卖酒食用的。楼屋的前面，有一块草地，草地中间，有几方白石，围成了一个花圈，圈子里，卧着一枝老梅，那草地的南尽头，山顶的平地正要向南斜下去的地方，有一块石碑立在那里，系记这梅林的历史的。他在碑前的草地上坐下之后，就把买来的零食拿出来吃了。

吃了之后，他兀兀的在草地上坐了一会。四面并无人声，远远的树枝上，时有一声两声的鸟鸣声飞来。他仰起头来看看澄清的碧空，同那皎洁的日轮，觉得四面的树枝房屋，小草飞禽，都一样的在和平的太阳光里，受大自然的化育。他那昨天晚上的犯罪的记忆，正同远海的帆影一般，不知消失到哪里去了。

这梅林的平地上和斜面上，又来又去的曲径很多。他站起来走来走去的走了一会，方晓得斜面上梅树的中间，更有一间平屋造在那里。从这一间房屋往东的走去几步，有眼古井，埋在松叶堆中。他摇摇井上的唧筒看：呷呷的响了几声，却抽不起水来。他心里想：

"这园大约只有梅花开的时候，开放一下，平时总没有人住的。"

想到这里他又自言自语的说：

"既然空在这里，我何妨去问园主人去借住借住。"

想定了主意，他就跑下山来，打算去寻园主人去。他将走到门口的时候，却好遇见一个五十来岁的农夫走进园来。他对那农夫道歉之后，就问他说：

"这园是谁的，你可知道么？"

"这园是我经管的。"

"你住在什么地方的?"

"我住在路的那面的。"

一边这样的说,一边那农民指着通路西边的一间小屋给他看。他向西一看,果然在西边的高壁尽头的地方,有一间小屋在那里。他点了点头,又问说:

"你可以把园内的那间楼屋租给我住住么?"

"可是可以的,你只一个人么?"

"我只一个人。"

"那你可不必搬来的。"

"这是什么缘故呢?"

"你们学校里的学生,已经有几次搬来过了,大约都因为冷静不过,住不上十天,就搬走的。"

"我可同别人不同,你但能租给我,我是不怕冷静的。"

"这样岂有不租的道理,你想什么时候搬来?"

"就是今天午后吧。"

"可以的,可以的。"

"请你就替我扫一扫干净,免得搬来之后着忙。"

"可以可以。再会!"

"再会!"

六

搬进了山上梅园之后,他的忧郁症(Hypochondria)又变起形状来了。

他同他的北京的长兄,为了一些儿细事,竟生起龃龉来。他发了一封长长的信,寄到北京,同他的长兄绝了交。

那一封信发出之后,他呆呆的在楼前草地上想了许多时候。他自家想想看,他便是世界上最不幸的人了。其实这一次的决裂,是发始于他的。同室操戈,事更甚于他姓之相争,自此之后,他恨他的长兄竟同蛇蝎一样。他被他人欺侮的时候,每把他长兄拿出来作比:

"自家的弟兄,尚且如此,何况他人呢!"

他每达到这一个结论的时候,必尽把他长兄待他苛刻的事情,细细回想出来。把各种过去的事迹,列举出来之后,就把他长兄判决是一个恶人,他自家是一个善人。他又把自家的好处列举出来,把他所受的苦处,夸大的细数起来。他证明得自家是一个世界上最苦的人的时候,他的眼泪就同瀑布似的流下来。他在那里哭的时候,空中好像有一种柔和的声音对他说:

"啊吓,哭的是你么?那真是冤屈了你了。像你这样的善人,受世人的那样的虐待,这可真是冤屈了你了。罢了罢了,这也是天命,你别再哭了,怕伤害了你的身体!"

他心里一听到这一种声音,就舒畅起来。他觉得悲苦的中间,也有无穷的甘味在那里。

他因为想复他长兄的仇,所以就把所学的医科丢弃了,改入文科里去。他的意思,以为医科是他长兄要他改的,仍旧改回文科,就是对他长兄宣战的一种明示。并且他由医科改入文科,在高等学校须迟卒业一年。他心里想,迟卒业一年,就是早死一岁,你若因此迟了一年,就到死可以对你长兄含一种敌意。因为他恐怕一二年之后,他们兄弟两人的感情,仍旧和好起来;所以这一次的转科,便是帮他永久敌视他长兄的一个手段。

气候渐渐儿的寒冷起来,他搬上山来之后,已经有一个月了。几日来天气阴郁,灰色的层云,天天挂在空中。寒冷的北风吹来的时候,梅林的树叶,已将凋落起来。

初搬来的时候,他卖了些旧书,买了许多炊饭的器具,自家烧了一个月饭,因为天冷了,他也懒得烧了。他每天的伙食,就一切包给了山脚下的园丁家包办,他近来只同退院的闲僧一样,除了怨人骂己之外,更没有别的事了。

有一天早晨，他侵早的起来，把朝东的窗门开了之后，他看见前面的地平线上有几缕红云，在那里浮荡。东天半角，反照出一种银红的灰色。因为昨天下了一天微雨，所以他看了这清新的旭日，比平日更添了几分欢喜。他走到山的斜面上，从那古井里汲了水，洗了手面之后，觉得满身的气力，一霎时回复转来的样子。他便跑上楼去，拿了一本黄仲则的诗集下来，一边高声朗读，一边尽在那梅林的曲径里，跑来跑去的跑圈子。不多一会，太阳起来了。

从他住的山顶向南方看去，眼下看得出一大平原。平原里的稻田，都尚未收割起。金黄的谷色，以绀碧的天空作了背景，反映着一天太阳的晨光，那风景正同密来（Millet）的田园清画一般。

他觉得自家好像已经变了几千年前的原始基督教徒的样子，对了这自然的默示，他不觉笑起自家的气量狭小起来。

"赦饶了！赦饶了！你们世人得罪于我的地方，我都饶赦了你们吧！来，你们来，都来同我讲和吧！"

手里拿着了那一本诗集，眼里浮着了两泓清泪，

正对了那平原的秋色,呆呆的立在那里想这些事情的时候,他忽听见他的近边,有两人在那里低声的说:

"今晚上你一定要来的哩!"

这分明是男子的声音。

"我是非常想来的,但是恐怕……"

他听了这娇滴滴的女子的声音之后,好像是被电气贯穿了的样子,觉得自家的血液循环都停止了。原来他的身边有一丛长大的苇草生在那里,他立在苇草的右面,那一对男女,大约是在苇草的左面,所以他们两个还不晓得隔着苇草,有人站在那里。那男人又说:

"你心真好,请你今晚来吧,我们到如今还没在被窝里××。"

"…………"

他忽然听见两人的嘴唇,灼灼的好像在那里吮吸的样子。他正同偷了食的野狗一样,就惊心吊胆的把身子屈倒去听了。

"你去死吧,你去死吧,你怎么会下流到这样的地步!"

他心里虽然如此的在那里痛骂自己,然而他那一双尖着的耳朵,却一言半语也不愿意遗漏,用了全副精神在那里听着。

地上的落叶索息索息的响了一下。

解衣带的声音。

男人嘶嘶的吐了几口气。

舌尖吮吸的声音。

女人半轻半重，断断续续的说：

"你！……你！……你快……快××吧。……别……别……别被人……被人看见了。"

他的面色，一霎时的变了灰色了。他的眼睛同火也似的红了起来。他的上颚骨同下颚骨呷呷的发起颤来。他再也站不住了。他想跑开去，但是他的两只脚，总不听他的话。他苦闷了一场，听听两人出去了之后，就同落水的猫狗一样，回到楼上房里去，拿出被窝来睡了。

七

他饭也不吃，一直在被窝里睡到午后四点钟的时候才起来。那时候夕阳洒满了远近。平原的彼岸的树林里，有一带苍烟，悠悠扬扬的笼罩在那里。他踉踉跄跄的走下了山，上了那一条自北趋南的大道，穿过了那平原，无头无绪的尽是向南的走去。走尽了平原，他已经到了A神宫前的电车停留处了。那时候却恰好从南面有一

沉沦

乘电车到来，他不知不觉就乘了上去，既不知道他究竟为什么要乘电车，也不知道这电车是往什么地方去的。

走了十五六分钟，电车停了，开车的教他换车，他就换了一乘车。走了二三十分钟，电车又停了，他听见说是终点了，他就走了下来。他的面前就是筑港了。

前面一片汪洋的大海，横在午后的太阳光里，在那里微笑。超海而南有一发青山，隐隐的浮在透明的空气里。西边是一脉长堤，直驰到海湾的心里去。堤外有一处灯台，同巨人似的，立在那里。几艘空船和几只舢板，轻轻的在系着的地方浮荡。海中近岸的地方，有许多浮标，饱受了斜阳，红红的浮在那里。远处风来，带着几句单调的话声，既听不清楚是什么话，也不知道是从哪里来的。

他在岸边上走来走去走了一会，忽听见那一边传过了一阵击磬的声来。他跑过去一看，原来是为唤渡船而发的。他立了一会，看有一只小火轮从对岸过来了。跟着了一个四五十岁的工人，他也进了那只小火轮去坐下了。

渡到东岸之后，上前走了几步，他看见靠岸有一家大庄子在那里。大门开得很大，庭内的假山花草，布置得楚楚可爱。他不问是非，就跬了进去。走不上几步，他忽听得前面家中有女人的娇声叫他说：

"请进来吓！"

他不觉惊了一头，就呆呆的站住了。他心里想：

"这大约就是卖酒食的人家，但是我听见说，这样的地方，总有妓女在那里的。"

一想到这里，他的精神就抖擞起来，好像是一桶冷水浇上身来的样子。他的面色立时变了。要想进去又不能进去，要想出来又不得出来；可怜他那同兔儿似的小胆，同猿猴似的淫心，竟把他陷到一个大大的难境里去了。

"进来吓！请进来吓！"里面又娇滴滴的叫了起来，带着笑声。

"可恶东西，你们竟敢欺我胆小么？"

这样的怒了一下，他的面色更同火也似的烧了起来。咬紧了牙齿，把脚在地上轻轻的蹬了一蹬，他就捏了两个拳头，向前进去，好像是对了那几个年轻的侍女宣战的样子。但是他那青一阵红一阵的面色，和他的面上微微儿在那里震动的筋肉，他总隐藏不过。他走到那几个侍女的面前的时候，几乎要同小孩似的哭出来了。

"请上来！"

"请上来！"

沉沦

他硬了头皮，跟了一个十七八岁的侍女走上楼去，那时候他的精神已经有些镇静下来了。走了几步，经过一条暗暗的夹道的时候，一阵恼人的花粉香气，同日本女人特有的一种肉的香味，和头发上的香油气息合作了一处，哼的扑上他的鼻孔里来。他立刻觉得头晕起来，眼睛里看见了几颗火星，向后边跌也似的退了一步。他再定睛一看，只见他的前面黑暗暗的中间，有一长圆形的女人的粉面，堆着了微笑，在那里问他说：

"你！你还是上靠海的地方去呢？还是怎样？"

他觉得女人口里吐出来的气息，也热和和的哼上他的面来。他不知不觉把这气息深深的吸了一口。他的意识，感觉到他这行为的时候，他的面色，又立刻红了起来。他不得已只能含含糊糊的答应她说：

"上靠海的房间里去。"

进了一间靠海的小房间，那侍女便问他要什么菜。他就回答说：

"随便拿几样来吧。"

"酒要不要？"

"要的。"

那侍女出去之后，他就站起来推开了纸窗，从外边放了一阵空气进来。因为房里的空气，沉浊得很，他刚才在夹道中闻过的那一阵女人的香味，还剩在那里，他实在是被这一阵气味压迫不过了。

一湾大海，静静的浮在他的面前。外边好像是起了微风的样子，一片一片的海浪，受了阳光的返照，同金鱼的鱼鳞似的，在那里微动。他立在窗前看了一会，低声的吟了一句诗出来：

"夕阳红上海边楼。"

他向西的一望，见太阳离西南的地平线只有一丈多高了。呆呆的看了一会，他的心思怎么也离不开刚才的那个侍女。她的口里的头上的面上的和身体上的那一种香味，怎么也不容他的心思去想别的东西。他才知道他想吟诗的心是假的，想女人的肉体的心是真的了。

停了一会，那侍女把酒菜搬了进来，跪坐在他的面前，亲亲热热的替他上酒。他心里想仔仔细细的看她一看，把他的心里的苦闷都告诉了她，然而他的眼睛怎么也不敢平视她一眼，他的舌根，怎么也不能摇动一摇动。他不过同哑子一样，偷看看她那搁在膝上一双纤嫩的白手，同衣缝里露出来的一条粉红的围裙角。

原来日本的妇人都不穿裤子，身上贴肉只围着一条短短的围裙。外边就是一件长袖的衣服，衣服上也没有纽扣，腰里只缚着一条一尺多宽的带子，后面结着一个方结。她们走路的时候，前面的衣服每一步一步的掀开来，所以红色的围裙，同肥白的腿肉，每能偷看。这是日本女子特别的美处，他在路上遇见女子的时候，注意的就是这些地方。他切齿的痛骂自己，畜生！狗贼！卑怯的人！也便是这个时候。

他看了那侍女的围裙角，心头便乱跳起来。愈想同她说话，他觉得愈讲不出话来。大约那侍女是看得不耐烦起来了，便轻轻的问他说：

"你府上是什么地方？"

一听了这一句话，他那清瘦苍白的面上，又起了一层红色；含含糊糊的回答了一声，他呐呐的总说不出话来。可怜他又站在断头台上了。

原来日本人轻视中国人，同我们轻视猪狗一样。日本人都叫中国人作"支那人"，这"支那人"三字，在日本，比我们骂人的"贱贼"还更难听，如今在一个如花的少女前头，他不得不自认说："我是支那人。"

"中国呀中国，你怎么不强大起来！"

他全身发起痉来，他的眼泪又快滚下来了。

那侍女看他发颤发得厉害,就想让他一个人在那里喝酒,好教他把精神安镇安镇,所以对他说:

"酒就快没有了,我再去拿一瓶来吧。"

停了一会,他听得那侍女的脚步声又走上楼来。他以为她是上他这里来的,所以就把衣服整了一整,姿势改了一改。但是他被她欺了。她原来是领了两三个另外的客人,上间壁的那一间房间里去的。那两三个客人都在那里对那侍女取笑,那侍女也娇滴滴的说:

"别胡闹了,间壁还有客人在那里。"

他听了就立刻发起怒来。他心里骂他们说:

"狗才!俗物!你们都敢来欺侮我么?复仇复仇,我总要复你们的仇。世间哪里有真心的女子!那侍女的负心东西,你竟敢把我丢了么?罢了罢了,我再也不爱女人了,我再也不爱女人了。我就爱我的祖国,我就把我的祖国当作了情人吧。"

他马上就想跑回去发愤用功。但是他的心里,却很羡慕那间壁的几个俗物。他的心里,还有一处地方在那里盼望那个侍女再回到他这里来。

他按住了怒,默默的喝干了几杯酒,觉得身上热起来。打开了窗门,他看看太阳就快要下山去了。又连饮了几杯,他觉得他面前的海景都朦胧起来。西面堤外的那灯台的黑影,长大了许多。一层茫茫的薄雾,把海天融混作了一处。在这一层混沌不明的薄纱影里,西方那将落不落的太阳,好像在那里惜别的样子。他看了一会,不知道是什么缘故,只觉得好笑。呵呵的笑了一回,他用手擦擦自家那火热的双颊,便自言自语的说:

"醉了醉了!"

那侍女果然进来了。见他红了脸,立在窗口在那里痴笑,便问他说:

"窗开了这样大,你不冷的么?"

"不冷不冷,这样好的落照,谁舍得不看呢?"

"你真是一个诗人呀!酒拿来了。"

"诗人!我本来是一个诗人。你去把纸笔拿了来,我马上写一首诗给你看看。"

那侍女出去了之后,他自家觉得奇怪起来。他心里想:

"我怎么会变了这样大胆的?"

痛饮了几杯新拿来的热酒,他更觉得快活起来,又禁不得呵呵的笑了一阵。他听见间壁房间里的那几个俗物,高声的唱起日本歌来,他也放大了嗓子唱着说:

醉拍栏杆酒意寒，江湖牢落又冬残。
剧怜鹦鹉中州骨，未拜长沙太傅官。
一饭千金图报易，五噫几辈出关难。
茫茫烟水回头望，也为神州泪暗弹。

高声的念了几遍，他就在席上醉倒了。

八

一醉醒来，他看看自家睡在一条红绸的被里，被上有一种奇怪的香气。这一间房间也不很大，但已不是白天的那一间房间了。房中挂着一盏十烛光的电灯，枕头边上摆着了一壶茶，两只杯子。他倒了二三杯茶，喝了之后，就跟跟跄跄的走到房外去。他开了门，却好白天的那侍女也跑过来了。她问他说：

"你！你醒了么？"

他点了一点头，笑微微的回答说：

"醒了。厕所是在什么地方的？"

"我领你去吧。"

他就跟了她去。他走过日间的那道夹道的时候，电灯点得明亮得很。远近有许多歌唱的声音，三弦的声音,大笑的声音,传到他的耳朵里来。白天的情节,他都想了出来。一想到酒醉之后,他对那侍女说的那些话的时候,他觉得面上又发起烧来。

从厕所回到房里之后,他问那侍女说:

"这被是你的么?"

侍女笑着说:

"是的。"

"现在是什么时候了?"

"大约是八点四十五分的样子。"

"你去开了账来吧!"

"是。"

他付清了账,又拿了一张纸币给那侍女,他的手不觉微颤起来。那侍女说:

"我是不要的。"

他知道她是嫌少了。他的面色又涨红了,袋里摸来摸去,只有一张纸币了,他就拿了出来给她说:

"你别嫌少了,请你收了吧。"

他的手震动得更加厉害,他的话声也颤动起来了。那侍女对他看了一眼,就低声的说:

"谢谢!"

他一直的跑下了楼，套上了皮鞋，就走到外面来。

外面冷得非常，这一天大约是旧历的初八九的样子。半轮寒月，高挂在天空的左半边。淡青的圆形天盖里，也有几点疏星，散在那里。

他在海边上走了一回，看看远岸的渔灯，同鬼火似的在那里招引他。细浪中间，映着了银色的月光，好像是山鬼的眼波，在那里开闭的样子。不知是什么道理，他忽想跳入海里去死了。

他摸摸身边看，乘电车的钱也没有了。想想白天的事情看，他又不得不痛骂自己。

"我怎么会走上那样的地方去的，我已经变了一个最下等的人了。悔也无及，悔也无及。我就在这里死了吧。我所求的爱情，大约是求不到了。没有爱情的生涯，岂不同死灰一样么？唉，这干燥的生涯，这干燥的生涯。世上的人又都在那里仇视我，欺侮我，连我自家的亲弟兄，自家的手足，都在那里挤我出去到这世界外去。我将何以为生，我又何必生存在这多苦的世界里呢！"

想到这里，他的眼泪就连连续续的滴下来。他那灰白的面色，竟同死人没有分别了。他也不举起手来揩揩眼泪，月光射到他的面上，两条泪线倒变了叶上的朝露一样放起光来。他回转头来,看看他自家的那又瘦又长的影子,不觉心痛起来。

"可怜你这清影,跟了我二十一年,如今这大海就是你的葬身地了,我的身子,虽然被人家欺辱,我可不该累你也瘦弱到这地步的。影子呀影子,你饶了我吧!"

他向西面一看,那灯台的光,一霎变了红一霎变了绿的,在那里尽它的本职。那绿的光射到海面上的时候,海面就现出一条淡青的路来。再向西天一看,他只见西方青苍苍的天底下,有一颗明星,在那里摇动。

"那一颗摇摇不定的明星的底下,就是我的故国。也就是我的生地。我在那一颗星的底下,也曾送过十八个秋冬,我的乡土吓,我如今再不能见你的面了。"

他一边走着,一边尽在那里自伤自悼的想这些伤心的哀话。走了一会,再向那西方的明星看了一眼,他的眼泪便同骤雨似的落下来了。他觉得四边的景物,都模糊起来。把眼泪揩了一下,立住了脚,长叹了一声,他便断断续续的说:

"祖国呀祖国!我的死是你害我的!

"你快富起来,强起来吧!

"你还有许多儿女在那里受苦呢!"

银灰色的死

上

　　雪后的东京,比平时更添了几分生气。从富士山顶上吹下来的微风,总凉不了满都男女的白热的心肠。一千九百二十年前,在伯利恒的天空游动的那颗明星出现的日期又快到了。街街巷巷的店铺,都装饰得同新郎新妇一样,竭力的想多吸收几个顾客,好添些年终的利泽,这正是贫儿富主,一样多忙的时候。这也是逐客离人,无穷伤感的时候。

　　在上野不忍池的近边,在一群乱杂的住屋的中间,有一间楼房,立在澄明的冬天的空气里。这一家人家,在这年终忙碌的时候,好像也没有什么活气似的,楼上的门窗,还紧紧的闭在那里,可是金黄的日球,离开了上野的丛林,已经高挂在海青色的天体中间,悠悠的在那里笑人间的多事了。

太阳的光线，从那紧闭的门缝中间，斜射到他的枕上的时候，他那一双同胡桃似的眼睛，就睁开了。他大约已经有二十四五岁的年纪。在黑漆漆的房内的光线里，他的脸色更加觉得灰白，从他面上左右高出的颧骨，同眼下的深深陷入的眼窝看来，他定是一个清瘦的人。

他开了半只眼睛，看看桌上的钟，长短针正重叠在 X 字的上面。开了口，打了一个呵欠，他并不知道他自家是一个大悲剧的主人公，仍旧嘶嘶的睡着了。半醒半觉的睡了一忽，听着间壁的挂钟打了十一点之后，他才跳出了被来。胡乱地穿好了衣服，跑下了楼，洗了手面，他就套上了一双破皮鞋，跑上外面去了。

他近来的生活状态，比从前大有不同的地方。自从十月底到如今，两个月的中间，他每昼夜颠倒的，到各处酒馆里去喝酒。东京的酒馆，当炉的大约都是十七八岁的少妇。他虽然知道她们是想骗他的金钱，所以肯同他闹，同他玩的，然而一到了太阳西下的时候，他总不能在家里好好的住着。有时候他想改过这恶习惯来，故意到图书馆里去取他平时所爱读的书来看，然而到了上灯的时候，他的耳朵里，忽然会有各种悲凉的小曲儿的歌声听见起来；他的鼻孔里，也会脂粉，香油，油沸鱼肉，香烟醇酒的混合的香味到来。他的书的字里行间，忽然会跳出一个红白的脸色来。她那一双迷人的眼睛，一点一点的扩大起来。同蔷薇花苞似的嘴唇，渐渐儿的开放起来，两颗笑靥，也看得出来了。洋磁似的一排牙齿，也透露着放起光来了。他把眼睛一闭，他的面前，就有许多妙年的妇女坐在红灯的影里，微微的在那里笑着。也有斜视他的，也有点头的，也有把上下的衣服脱下来的，也有把雪样嫩的纤手伸给他的。到了那个时候，他总不知不觉的要跟了那只纤手跑去，同做梦的一样，走出了图书馆。等到他的怀里有温软的肉体坐着的时候，他才知道他是已经不在图书馆内的冷板凳上了。

　　昨天晚上，他也在这样的一家酒馆里坐到半夜过后一点钟的时候，才走出来，那时候他的神志已经变得昏乱而不清。在路上跌来跌去的走了一会，看看四面并没有人影，万户千门，都寂寂地闭在那里，只有一行参差不齐的门灯，黄黄的投射出了几处朦胧的黑影。街心的两条电车的路线，在那里放磷火似的青光。他立住了足，靠着了大学的铁栏杆，仰起头来就看见了那十三夜的明月，同银盆似的浮在淡青色的空中。他再定睛向四面一看，才知道清静的电车线路上，电柱上，电线上，歪歪斜斜的人家的屋顶上，都洒满了同霜也似的月光。他觉得自家一个人孤冷得很，好像同遇着了风浪后的船夫，一个人在北极的雪世界里漂泊着的样子。背靠着了铁栏杆，他尽在那里看月亮。看了一会，他那一双衰弱的老犬似的眼睛里，忽然滚下了两颗眼泪来。去年夏天，他结婚时候的景象，同走马灯一样的，旋转到他的眼前来了。

三面都是高低的山岭，一面宽广的空中，好像有江水的气味蒸发过来的样子。立在山中的平原里，向这空空荡荡的方面一望，谁都能生出一种灵异的感觉出来，知道这天空的底下，就是江水了。在山坡的煞尾的地方，在平原的起头的区中，有几点人家，沿了一条同曲线似的清溪，散在疏林蔓草的中间。有一天多情多梦的夏天的深更，因为天气热得很，他同他新婚的夫人，睡了一会，又从床上走了起来，到朝溪的窗口去纳凉去。灯火已经吹灭了，月光从窗里射了进来。在藤椅上坐下之后，他看见月光射在他夫人的脸上。定睛一看，他觉得她的脸色，同大理白石的雕刻没有半点分别。看了一会，他心里害怕起来，就不知不觉的伸出了右手，摸上她的面上去。

"怎么你的面上会这样凉的？"

"轻些儿吧，快三更了，人家已经睡着在那里，别惊醒了他们。"

"我问你，唉，怎么你的面上会一点儿血气都没有的呢？"

"所以我总是要早死的呀！"

听了她这一句话，他觉得眼睛里一霎时的热了起来。不知是什么缘故，他就忽然伸了两手，把她紧紧的抱住了。他的嘴唇贴上她的面上的时候，他觉得她的眼睛里，也有两条同山泉似的眼泪在流下来。他们两人肉贴肉的暗泣了许久，他觉得胸中渐渐儿的舒爽起来了，望望窗外，远近都洒满了皎洁的月光。抬头看看天，苍苍的天空里，有一条薄薄的云影，浮在那里。

"你看那天河。……"

"大约河边的那颗小小的星儿，就是象征我的星宿吧！"

"是什么星？"

"织女星。"

说到这里，他们就停着不说下去了。两人默默地坐

了一会,他又眼看着那一颗小小的星,低声的对她说:

"我明年未必能回来,恐怕你要比那织女星更苦咧。"

他靠住了大学的铁栏杆,呆呆的尽在那里对了月光追想这些过去的情节。一想到最后的那一句话,他的眼泪便连连续续的流了下来,他的眼睛里,忽然看得见一条溪水来了。那一口朝溪的小窗,也映到了他的眼睛里来。沿窗摆着的一张漆的桌子,也映到了他的眼睛里来。桌上的一张半明不灭的洋灯,灯下坐着的一个二十岁前后的女子,那女子的苍白的脸色,一双迷人的大眼,小小的嘴唇的曲线,灰白的嘴唇,都映到了他的眼睛里面。他再也支持不住了,摇了一摇头,便自言自语的说:

"她死了,她是死了,十月二十八日那一个电报,总是真的。十一月初四的那一封信,总也是真的。可怜她吐血吐到气绝的时候,还在那里叫我的名字。"

一边流泪,一边他就站起来走,他的酒已经醒了,所以他觉得有点寒冷。到了这深更半夜,他也不愿意再回到他那同地狱似的寓里去。他原来是寄寓在他的朋友的家里的;他住的楼上,也没有火钵,也没有生气,总只有几本旧书,横摊在黄灰色的电灯光里等他,他愈想愈不愿意回去了,所以他就慢慢的走上了到上野火车站去的路。原来日本火车站上的人是通宵不睡的;待车室里,有红红的火炉生在那里;他上火车站去,就是想去烤火取暖,坐待天明的。

一直的走到了火车站,清冷的路上并没有一个人同他遇见,进了车站,他在空空寂寂的长廊上,只看见两排电灯,在那里黄黄的放光。卖票房里,坐着二三个女事务员,在那里打呵欠,进了二等待车室,半醒半睡的坐了两个钟头,他看看火炉里的火也快完了。远远的有几声机关车的车轮声传了过来。车站里也来了几个穿制服的人在那里跑来跑去的跑。等了一会,从东北来的火车到了。车站上忽然热闹了起来,下车的旅客的脚步声同种种的呼唤声,混作了一处,传到他的耳膜上来;跟了一群旅客,他也走出火车站来了。出了车站,他仰起头来一看,只见苍色圆形的天空里,有无数星辰,在那里微动,从北方忽然来了一阵凉风,他觉得冷得难耐的样子。月亮已经下山了。街上有几个早起的工人,拉了车慢慢的在那里行走,各店家的门灯,都像倦了似的还在那里放光。走到上野公园的西边的时候,他忽然长叹了一声。朦胧的灯影里,息息索索的飞了几张黄叶下来,四边的枯树都好像活了起来的样子,他不觉打了一个冷噤,就默默的站住了。静静儿的听了一会,他觉得四边并没有动静,只有那工人的车轮声,同在梦里似的,断断续续的打动了他的耳膜,他才知道刚才的不过是几张落叶的声音。他走过观月桥的时候,只见池的彼岸一排不夜的楼台都沉在酣睡的中间。两行灯火,好像在那里嘲笑他的样子。他到家睡下的时候,东方已经灰白了。

中

这一天又是一天初冬的好天气,午前十一点钟的时候,他急急忙忙的洗了手面,套上了一双破皮鞋,就跑出到了外面。

在蓝苍的天盖下,在和软的阳光里,无头无脑的走了一个钟头的样子,他才觉得饥饿了起来。身边摸摸看,他的皮包里,还有五元余钱剩在那里。半月前头,他看看身边的物件,都已卖完了,所以不得不把他亡妻的一个金刚石的戒指,当入当铺里去。他的亡妻的最后的这纪念物,只质了一百六十元钱,用不上半个月,如今却只有五元钱了。

"亡妻呀亡妻,你饶了我吧!"

他凄凉了一阵，羞愧了一阵，终究还不得不想到他目下的紧急的事情上去。他的肚里尽管在那里叽哩咕噜的响。他算算看这五元余钱，断不能到上等的酒馆里去吃一个醉饱，所以他就决意想到他无钱的时候常去的那一家酒馆里去。

那一家酒家，开设在植物园的近边，主人是一个五十光景的寡妇，当炉的就是那老寡妇的女儿，名叫静儿。静儿今年已经是二十岁了。容貌也只平常，但是她那一双同秋水似的眼睛，同白色人种似的高鼻，不识是什么理由，使得见她一面过的人，总忘她不了。并且静儿的性质也和善得非常，对什么人总是一视同仁，装着笑脸的。她们那里，因为客人不多，所以并没有厨子。静儿的母亲，从前也在西洋菜馆里当过炉的，因此她却颇晓得些调羹的妙诀。他从前身边没有钱的时候，大抵总跑上静儿家里去的，一则因为静儿待他周到得很，二则因为他去惯了，静儿的母亲也信用他，无论多少，总肯替他挂账的。他酒醉的时候，每对静儿说他的亡妻是怎么好，怎么好，怎么被他母亲虐待，怎么的染了肺病，死的时候，怎么的盼望他。说到伤心的地方，他每流下泪来，静儿有时候也会陪他落些同情之泪。他在静

沉　沦

儿家里进出，虽然还不上两个多月，然而静儿待他，竟好像同待几年前的老友一样了，静儿有时候有不快活的事情，也都告诉他的。据静儿说，无论男人女人，有秘密的事情，或者有伤心的事情的时候，总要有一个朋友，互相劝慰的能够讲讲才好。他同静儿，大约就是一对能互相劝慰的朋友了。

半月前头，他也不知道从什么地方听来的消息，只听说静儿要嫁人去了。因为不愿意直接把这话来问静儿，所以嗣后他只是默默的在那里察静儿的行状。心里既有了这一条疑心，所以他觉得静儿待他的态度，比从前总有些不同的地方。有一天将夜的时候，他正在静儿家坐着喝酒，忽然来了一个三十来岁的男人。静儿见了这男人，就丢下了他，马上去招呼这新来的男子；按理这原也是很平常的事情。静儿走开了，所以他只能同静儿的母亲说了些无关紧要而且是无味的闲话。然而他一边说话，一边却在那里注意静儿和那男人的举动。等了半点多钟，静儿还尽在那里同那男人说笑，他等得不耐烦起来，就同伤弓的野兽一般，匆匆的走了。自从那一天起，到如今却有半个月的光景，他还没有上静儿家里去过。同静儿绝交之后，他喝酒更加喝得厉害，想他亡妻的心思,也比从前更加沉痛了。

"能互相劝慰的知心好友!我现在上哪里去找得出这样的一个朋友呢!"

近来他于追悼亡妻之后,总想到这一段结论上去。有时候他的亡妻的面貌,竟会同静儿的混到一处来。同静儿绝交之后,他觉得更加哀伤更加孤寂了。

他身边摸摸看,皮包里的钱只有五元余了。他就想把这事作了口实,跑上静儿的家里去。一边这样的想,一边他又想起了"坦好直"(Tannhauser)里边的"盍县罢哈"(Wolfram von Eschenbach)来。

"千古的诗人盍县罢哈呀!我佩服你的大量。

我佩服你真能用高洁的心情来爱'爱利查陪脱'。"

想到这里,他就唱了两句"坦好直"里边的唱句,说:

Dort ist sie;——nahe dich ihr ungestort!

So flieht fur dieses Leben

Mir jeder Hoffnung Schein!

(Wagner's Tannhauser)

（你且去她的裙边，去算清了你们的相思旧债！可怜我一生孤冷！你看那镜里的名花，又成了泡影！）

念了几遍，他就自言自语的说：

"我可以去的，可以上她的家里去的，古人能够这样的爱她的情人，我难道不能这样的爱静儿么？"

看他的样子，好像是对了人家在那里辩护他目下的行为似的，其实除了他自家的良心以外，却并没有人在那里责备他。

慢慢的走到了静儿家里的时候，她们母女两个，还刚才起来。静儿见了他，对他微微的笑了一脸，就问他说：

"你怎么这许久不上我们家里来？"

他心里想说：

"你且问问你自家看吧！"

但是见了静儿那一副柔和的笑容，他什么也说不出来了，所以只回答说：

"我因为近来忙得非常。"

静儿的母亲听了他这一句话之后，就佯嗔佯怒的问他说：

"忙得非常？静儿的男人说近来你时常上他家里去喝酒去的呢。"

静儿听了她母亲的话，好像有些难以为情的样子。所以叫她母亲说：

"妈妈！"

他看了这些情节，就追问静儿的母亲说：

"静儿的男人是谁呀？"

"大学前面的那一家酒馆的主人，你还不知道么？"

他就回转头来对静儿说：

"你们的婚期是什么时候？恭喜你，希望你早早生一个又白又胖的好儿子，我们还要来吃喜酒哩。"

静儿对他呆看了一忽，好像要哭出来的样子。停了一会，静儿问他说：

"你喝酒么？"

他听她的声音，好像是在那里颤动似的。他也忽然觉得凄凉起来，一味悲酸，仿佛像晕船的人的呕吐，从肚里挤上了心来。他觉得一句话也说不出口了，只能把头点了几点，表明他是想喝酒的意思。他对静儿看了一眼，静儿也对他看了一眼，两人的视线，同电光似的闪发了一下，静儿就三脚两步的跑出外面去替他买下酒的菜去了。

静儿回来了之后,她的母亲就到厨下去做菜去,菜还没有好,酒已经热了。静儿就照常的坐在他面前,替他斟酒,然而他总不敢抬起头来再看她一眼,静儿也不敢仰起头来看他。静儿也不言语,他也只默默的在那里喝酒。两人呆呆的坐了一会,静儿的母亲从厨下叫静儿说:

"菜做好了,你拿了去吧!"

静儿听了这话,却兀的不动身体,老是坐在那里。他不知不觉的偷看了一下,静儿是在落眼泪了。

他胡乱的喝了几杯酒,吃了几盘菜,就歪歪斜斜的走了出来。外边街上,人声嘈杂得很。穿过了一条街,他就走到了一条清净的路上。走了几步,走上一处朝西的长坡的时候,看看太阳已经打斜了。远远的回转头来一看,植物园内的树林的梢头,都染了一片绛黄的颜色。他也不知是什么缘故,对了西边地平线上溶在太阳光里的远山,和远近的人家的屋瓦上的残阳,都起了一种惜别的心情。呆呆的看了一会,他就回转了身,背负了夕阳的残照,向东的走上了长坡。

同在梦里一样,昏昏的走进了大学的正门之后,他忽而听见有人在叫他说:

"Y君,你上哪里去!年底你住在东京么?"

他仰起头来一看,原来是他的一个同学。新剪的头发,穿了一套新做的洋服,手里拿了一只旅行的藤箧,他大约是预备回家去过年去的。他对他同学一看,就作了笑容,慌慌忙忙的回答说:

"是的,我什么地方都不去,你预备回家去过年去么?"

"对了,我是预备回家去的。"

"你见你情人的时候,请你替我问问安吧。"

"可以的,她恐怕也在那里想你咧。"

"别取笑了,愿你平安回去,再会再会。"

"再会再会,哈……"

他的同学走开了之后,他一个人冷冷清清的在薄暮的大学园中,呆呆的立了许多时候,好像疯了似的。呆了一会,他又慢慢的向前走去,一边却自言自语的说:

"他们都回家去了,他们都是有家庭的人。Oh, home! Sweet home!"

他无头无脑的走到了家里,上了楼,在电灯底下坐了一会,他那昏乱的脑髓,也把刚才在静儿家里听见过的话想了出来:

"不错不错,静儿的婚期,就在新年的正月里了。"

沉 沦

他想了一会,就站了起来,把几本旧书,捆作了一包,不慌不忙的将那包旧书拿到了学校前边的一家旧书铺里。办了一个天大的交涉,把几个大天才的思想,仅仅换了九元余钱;有一本英文的诗文集,因为旧书铺的主人,还价还得太贱了,所以他仍旧不卖。

得了九元余钱,他心里虽然在那里替那些著书的天才抱不平,然而一边却满足得很。因为有了这九元余钱,他就可以谋一晚的醉饱,并且他的最大的目的,也能达得到了。——就是用几元钱去买些礼物送给静儿的这一个宏愿——

从旧书铺走出来的时候,街上已经是黄昏的世界了,在一家卖给女子用的装饰品的店里,买了些丽绷(Ribbon)犀簪同两瓶紫罗兰的香水,他就一直的跑上了静儿的家里。

静儿不在家,她的母亲只一个人在那里烤火。见他又进来了,静儿的母亲好像有些嫌恶他的样子,所以问他说:

"怎么你又来了?"

"静儿上哪里去了?"

"去洗澡去了。"

听了这话,他就走近她的身边去,把怀里藏着的那些丽绷香水等拿了出来,对她说:

"这一些儿微物,请你替我送给静儿,就算作了我送给她的嫁礼吧。"

静儿的母亲见了那些礼物,就满脸装起笑容来说:

"多谢多谢,静儿回来的时候,我再叫她来道谢吧。"

他看看天色已经晚了,就叫静儿的母亲再去替他烫一瓶酒,做几盘菜。他喝酒正喝到第二瓶的时候,静儿回来了。静儿见他又坐在那里喝酒,不觉呆了一呆,就向他说:

"啊,你又……"

静儿到厨下去转了一转,同她的母亲说了几句话,就回到了他的面前。他以为她是来道谢的,然而关于刚才的礼物的话,她却一句也不说,只呆呆的坐在他的面前。尽一杯一杯的在那里替他斟酒。到后来他拼命的叫她添酒的时候,静儿就红了两眼。对他说:

"你不喝了吧,喝了这许多酒,难道还不够么?"

他听了这话,更加大口痛饮了起来。他心里的悲哀的情调,正不知从哪里说起才好,他一边好像是对了静儿已经复了仇,一边又好像是在那里哀悼自家的样子。

沉 沦

在静儿的床上醉卧了许久，到了半夜后二点钟的时候，他才跟跟跄跄的跑出了静儿的家。街上岑寂得很，远近都洒满了银灰色的月光，四边并无半点动静，除了一声两声的幽幽的犬吠声之外，这广大的世界，好像是已经死绝了。跌来跌去的走了一会，他又忽然遇着了一个卖酒食的夜店。他摸摸身边看，袋里还有四五张五角钱的钞票剩在那里。在夜店里他又重新饮了一个尽量。一霎时他觉得大地高天，和四周的房屋，都在那里旋转的样子。倒前冲后的走了两个钟头，他只见他的面前现出了一块大大的空地来。月光的凉影，同各种物体的黑影，混作了一团，映到了他的眼里。

"此地大约已经是女子医学专门学校了吧。"

这样的想了一想，神志清了一清，他的脑里，起了痉挛，他又不是现在的他了。几天前的一场情景，便同电影似的，飞到了他的眼前。

天上飞满灰色的寒云，北风紧得很。在落叶萧萧的树影里，他站在上野公园的精养轩的门口，在那里接客。这一天是他们同乡开会欢迎W氏的日期，在人来人往之中，他忽然看见一个十七八岁的女子，穿了女子医学专门学校的制服，不忙不迫的走来赴会。他起初见她

面的时候,不觉呆了一呆。等那女子走近他身边的时候,他才同梦里醒转来的人一样,慌慌忙忙地走上了前去,对她说:

"你把帽子外套脱下来交给我吧。"

两个钟头之后,欢迎会散了。那时候差不多已经有五点钟的光景。出口的地方,取帽子外套的人,挤得厉害。他走下楼来的时候,见那女子还没穿外套,呆呆的立在门口,所以就又走上去问她说:

"你的外套去取了没有?"

"还没有。"

"你把那铜牌交给我,我替你去取吧。"

"谢谢。"

在苍茫的夜色中,他见了她那一副细白的牙齿,觉得心里爽快得非常。把她的外套帽子取来了之后,他就跑过后面去,替她把外套穿上了。她回转头来看了他一眼,就急急的从门口走了出去。他追上了一步,放大了眼睛看了一忽,她那细长的影子,就在黑暗的中间消灭了。

想到这里,他觉得她那纤软的身体似乎刚在他的面前擦过去的样子。

"请你等一等吧!"

沉沦

这样的叫了一声,上前冲了几步,他那又瘦又长的身体,就横倒在地上了。

月亮打斜了。女子医学校前的空地上,又增了一个黑影,四边静寂得很。银灰色的月光,洒满了那一块空地,把世界的物体都净化了。

下

十二月二十六日的早晨,太阳依旧由东方升了起来,太阳的光线,射到牛込区役所前的揭示场的时候,有一个区役所的老仆,拿了一张告示,贴上了揭示场的木板。那一张告示说:

行路病者,

年龄约可二十四五之男子一名,身长五尺五寸,貌瘦,色枯黄,颧骨颇高,发长数寸,乱披额上,此外更无特征。

衣黑色哔叽旧洋服。衣袋中有 Ernest Dowson's Poems and Prose 一册,五角钞票一张,白绫手帕一方,女人物也,上有S. S. 等略字。身边留有黑色软帽一顶,脚穿黄色浅皮鞋，左右各已破损。

　　病为脑溢血。本月二十六日午前九时，在牛込若松町女子医学专门学校前之空地上发见，距死约四小时。因不知死者姓名住址，故为代付火葬。

　　　　　　　　　　　牛込区役所示

南 迁

一 南 方

你若把日本的地图展开来一看,东京湾的东南,能看得见一条葫芦形的半岛,浮在浩渺无边的太平洋里。这便是有名的安房半岛!

安房半岛,虽然没有地中海内的长靴岛的风光明媚,然而成层的海浪,蔚蓝的天色,柔和的空气,平软的低峦,海岸的渔网,和村落的居民,也很具有南欧海岸的性质,能使旅客忘记他是身在异乡。若用英文来说,便是一个Hospitable, inviting dream-land of the romantic age(中世浪漫时代的,乡风纯朴,山水秀丽的梦境)了。

东南的斜面沿着了太平洋,从铫子到大原,成一半月弯,正可当作葫芦的下面的狭处看。铫子是葫芦下层的最大的圆周上的一点，大原是葫芦的第二层膨胀处的圆周上的一点。葫芦的顶点一直的向西曲了。就成了一个大半岛里边的小半岛，地名西岬村。西岬村的顶点便是洲崎，朝西的横界在太平洋和东京湾的中间，洲崎以东是太平洋，洲崎以北是东京湾。洲崎遥遥与伊豆半岛、相摸湾相对；安房半岛的住民每以它为界线，称洲崎以东沿着太平洋的一带为外房，洲崎以北沿着东京湾的一带为内房。原来半岛的住民通称半岛为房州，所以内房外房，便是内房州外房州的缩写。房州半岛的葫芦形的底面，连着东京，所以现在火车，从东京两国桥驿出发，内房能直达到馆山，外房能达到胜浦。

二　出　京

千九百二十年的春天，二月初旬的有一天的午后，东京上野精养轩的楼上朝公园的小客室里，有两个异乡人在那里吃茶果。一个是五十岁上下的西洋人，头顶已有一块秃了。皮肤带着浅黄的黑色，高高的鹰嘴鼻的左右，深深洼在肉里的两只眼睛，放出一种钝韧的光来。瞳神的黄黑色，大约就是他的血统的证明，他那五尺五寸的肉体中间，或者有姊泊西（Gypsy）的血液混在里头也未可知,或者有东方人的血液混在里头也未可知,但是生他的母亲,可确是一位爱尔兰的美妇人。他穿的是一套半旧的灰黑色的哗叽的洋服,带着一条圆领,圆领底下就连接着一件黑的小紧身,大约是代Waist-Coat(腰褂)的。一个是二十四五岁的青年,身体也有五尺五寸多高,我们一见就能知道他是中国人,因为他那清瘦的面貌和纤长的身体,是在日本人中间寻不出来的。他穿着一套藤青色的哗叽的大学制服,头发约有一寸多深,因为蓬蓬直立在他那短短的脸面的上头,所以反映出一层忧郁的形容在他面上。他和那西洋人对坐在一张小小的桌上,他的左手,和那西洋人的右手是靠着朝公园的玻璃窗。他们讲的是英国话,声气很幽,有一种梅兰刻烈(Melancholy)的余韵,与窗外的午后的阳光,和头上的万里的春空,却成了一个有趣的对照(Contrast),他们的话翻译出来,就是:

"你的脸色,近来更难看了:我劝你去转换转换空气,到乡下去静养几个礼拜。"西洋人。

"脸色不好么?转地疗养,也是很好的,但是一则因为我懒得行动,二则一个人到乡下去也寂寞得很,所以虽然寒冷得非常,我也不想到东京以外的地方去。"青年。

说到这里,窗外吹过一阵夹沙夹石的风来,玻璃窗振动了一下,响了一下,风就过去了。

"房州你去过没有?"西洋人。

"我没有去过。"青年。

"那一个地方才好呢!是突出在太平洋里的一个半岛,受了太平洋的暖流,外房的空气是非常和暖的,同东京大约要差十度的温度,这个时候,你若到太平洋岸去一看,怕还有些女人,赤裸裸的跳在海里捉鱼呢!一带山村水郭,风景又是很好的,你不是很喜欢我们英国的田园风景的么?你上房州去就对了。"

"你去过了么?"

"我是常去的,我有一个女朋友住在房州,她也是英国人,她的男人死了,只一个人住在海边上。她的房子宽大得很,造在沙岸树林的中间;她又是一个热心的基督教徒,你若要去,我可以替你介绍的,她非常欢喜中国人,因为她和她的男人从前也在中国做过医生的。"

"那么就请你介绍介绍,出去旅行一次,或者我的生活的行程,能改变得过来也未可知。"

另外还有许多闲话,也不必去提及。

到了四点的时候,窗外的钟声响了。青年按了电

铃,叫侍者进来,拿了一张五元的纸币给他。青年站起来要走的时候看看那西洋人还兀的不动,青年便催说:

"我们去吧!"

那西洋人便张圆了眼睛问他说:

"找头呢?"

"多的也没有几个钱,就给了他们茶房罢了。"

"茶房总不至要五块钱的。你把找头拿来捐在教会的传道捐里多好啊!"

"罢了,罢了,多的也不过一块多钱。"

那西洋人还不肯走,青年就一个人走出房门来,西洋人一边还在那里轻轻的絮说,一边看见青年走了,也只能跟了走出房门,下楼,上大门口去。在大门口取了外套、帽子,走出门外的时候,残冬的日影,已经落在西天的地平线上,满城的房屋,都沉在薄暮的光线里了。

夜阴一刻一刻的张起她的翼膀来,那西洋人和青年在公园的大佛前面,缓步了一忽,远近的人家都点上电灯了。从上野公园的高台上向四面望去,只见同纱囊里的萤火虫一样,高下人家的灯火,都在晚烟里放异彩。远远的风来,带着市井的嘈杂的声音。电车的车轮声传近到他们两人耳边的时候,他们才知道现在是回家去的时刻了。急急的走了一下,他们已经走到了公园前大街上的电车停车处,却好向西的有一乘电车到来,他们两人就用了死力,挤了上去,因为这是工场休工的时候,劳动者大家都要乘了电车,回到他们的小小的住屋里去,所以车上人挤得不堪。

  青年被挤在电车的后面,几乎吐气都吐不出来。电车开车的时候,上野的报时的钟声又响了。听了这如怨如诉的薄暮的钟声,他的心思又忽然消沉起来:

  "这些可怜的有血肉的机械,他们家里或许也有妻子的。他们的衣不暖食不饱的小孩子有什么罪恶,一生出地上,就不得不同他们的父母,受这世界上的磨折!或者在猪圈似的贫民窟的门口,有同饿鬼似的小孩儿,在那里等候他们的父亲回来。这些同饿犬似的小孩儿,长到八九岁的时候,就不得不去作小机械去。渐渐长大了,成了一个工人,他们又不得不同他们的父祖曾祖一样,将自家的血液,去补充铁木的机械的不足去。吃尽了千辛万苦,从幼到长,从生到死,他们的生活没有半点变更,唉,这人生究竟有什么趣味,劳动者吓劳动者,你们何苦要生存在世上?这多是有权势的人的坏处,可恶的这有权势的人,可恶的这有权势的阶级,总要使他们斩草除根的消灭尽了才好。"

他想到这里，就自家嘲笑起自家来：

"呵呵，你也被日本人的社会主义感染了。你要救日本的劳动者，你何不先去救救你自家的同胞呢？在军人和官僚的政治的底下，你的同胞所受的苦楚，难道比日本的劳动者更轻么？日本的劳动者，虽然没有财产，然而他们的生命总是安全的。你的同胞，乡下的农夫，若因纳捐输粟的事情，有一点违背，就不得不被军人来虐杀了。从前做大盗，现在做督军的人，进京出京的时候，若说乡下人不知道，在他们的专车停着的地方走过，就不得不被长枪短刀来砑死了。大盗的督军的什么武装自动车，在街上冲死了百姓，还说百姓不好，对了死人的家庭，还要他们赔罪罚钱。你同胞的妻女，若有美的，就不得不被军人来奸辱了。日本的劳动者到了日暮回家的时候，也许有他的妻女来安慰他的，那时候他的一天的苦楚，便能忘在脑后，但是你的同胞如何？不问是不是你的结发妻小，若督军师长道手知事等类要她去作一房等八、九的小妾，你能拒绝么？有诉讼事件的时候，你若送知事的钱，送了比你的对争者少一点，或是在督军衙门里没有一个亲戚朋友，虽然受了冤屈，你难道能分诉得明白么？……"

想到这里的时候，青年的眼睛里，就酸软起来。他若不是被挤在这一群劳动者的中间，怕他的感情就要发起作用来，却好车到了本乡三丁目，他就推推让让的跟了几个劳动者下了电车。立在电车外边的日暮的大道上，寻来寻去的寻了一会，他才看见那西洋人的秃头，背朝着了他，坐在电车中间的椅上。他走到电车的中央的地方，垫起了脚，从外面向电车的玻璃窗推了几下，那秃头的西洋人才回转头来，看见他立在车外的凉风里，那西洋人就从电车里面放下车窗来说：

"你到了么？今天可是对你不起。多谢多谢。身体要保养些。我……"

"再会再会，我已经到了。介绍信请你不要忘记了。……"

话没有说完，电车已经开了。

三　浮　萍

二月二十三日的午后二点半钟，房州半岛的北条火车站上的第四次自东京来的火车到了。这小小的乡下的火车站上，忽然热闹了一阵。客人也不多，七零八落的几个乘客,在收票的地方出去之后,火车站上仍复冷清起来。火车站的前面停着的一乘合乘的马车,接了几个下车的客人,留了几声哀寂的喇叭声在午后的澄明的空气里,促起了一阵灰土,就在泥成的乡下的天然的大路上,朝着了太阳,向西的开出去了。

留在火车站上呆呆的站着的只剩了一位清瘦的青年,便是三礼拜前和一个西洋宣教师在东京上野精养轩吃茶果的那一位大学生。他是伊尹的后裔,你们若把东京帝国大学的一览翻出来一看,在文科大学的学生名录里,头一个就能见他的名姓籍贯:

伊人,中华留学生,大正八年入学。

伊人自从十八岁到日本之后一直到去年夏,从没有回国去过。他的家庭里只有他的祖母是爱他的。伊人的母亲,因为他的父亲死得太早,所以竟变成了一个半男半女的性格,他自小的时候她就不知爱他,所以他渐渐的变成了一个厌世忧郁的人。到了日本之后,他的性格竟愈趋愈怪了,一年四季,绝不与人往来,只一个人默默的坐在寓室里沉思默想。他所读的都是那些在人生的战场上战败了的人的书,所以他所最敬爱的就是略名B. V. 的James Thomson, H.Heine, Leopardi,

Ernest Dowson那些人。他下了火车，向行李房去取来的一只帆布包，里边藏着的，大约也就是这几位先生的诗文集和传记等类。他因为去年夏天被一个日本妇人欺骗了一场，所以精神身体，都变得同落水鸡一样。晚上梦醒的时候，身上每发冷汗，食欲不进，近来竟有一天不吃什么东西的时候。因为怕同去年那一个妇人遇见，他连午膳夜膳后的散步也不去了。他身体一天一天的瘦弱下去，他的面貌也一天一天的变起颜色来了。在平坦的田畴中间，辟了一条小小的铁路，铁路的两旁，不是一边海一边山，便是一边枯树一边荒地。在红尘软舞的东京，失望伤心到极点的纤细神经过敏的青年，一吸了这一处的田园的空气，就能生出一种快感来，伊人到房州的最初的感觉，也觉得轻快得非常。伊人下车之后看了四边的松树的丛林，有几缕薄云飞着的青天，宽广的空地里浮荡着的阳光和车站前面的店里清清冷冷坐在帐桌前的几个纯朴的商人，就觉得是自家已经到了十八世纪的乡下的样子。亚力山大·斯密司著的《村落的文章》里的Dreamthorp（By Alexander Smith）好像是被移到了这东海的小岛上的东南角上来了。

伊人取了行李，问了一声说：

"这里有一位西洋的妇女,你们知道不知道的?"

行李房里的人都说:

"是C夫人么?这近边谁都知道她的,你但对车夫讲她的名字就对了。"

伊人抱了他的一个帆布包坐在人力车上,在枯树的影里,摇摇不定的走上C夫人的家里去的时候,他心里又生了一种疑惑:

"C夫人不晓得究竟是怎么的一个人,她不知道是不是同E某一样,也是非常经济的。"

可怜他自小就受了社会的虐待,到了今日,还不敢信这尘世里有一个善人。所以他与人相遇的时候,总不忘记警戒,因为他被世人欺得太甚了。在一条有田园野趣的村路上弯弯曲曲的跑了三十分钟,树林里露出了一个木造的西洋馆的屋顶来。车夫指着了那一角屋顶说:

"这就是C夫人的住屋!"

车到了这洋房的近边,伊人看见有一圈小小的灌木沿了那洋房的庭园,生在那里,上面剪得虽然不齐,但是这一道灌木的围墙,比铁栅瓦墙究竟风雅,他小的时候在洋画里看见过的那阿凤河上的斯曲拉突的莎士比亚的古宅,又重新想了出来,开了那由几根木棒做的一道玲珑的小门进去，便是住宅的周围的庭园，园中有几处常青草，也变了颜色，躺在午后的微弱的太阳光里。小门的右边便是一眼古井，两只钓桶，一高一低的悬在井上的木架上。从门口一直向前沿了石砌的路进去，再进一道短小的竹篱，就是C夫人的住房，伊人因为不便直接的到C夫人的住房里，所以就吩咐车夫拿了一封E某的介绍书往厨房门去投去。厨房门须由石砌的正路叉往右去几步，人若立在灌木围住的门口，也可以看见这厨房门的。庭园中，井架上，红色的木板的洋房壁上都洒满了一层白色无力的午后的太阳光线，四边空空寂寂，并无一个生物看见，只有几只半大的雌雄鸡，呆呆的立在井旁，在那里惊看伊人和他的车夫。

车夫在厨房门口叫了许久，不见有人出来。伊人立在庭园外的木栅门口，听车夫的呼唤声反响在寂静的空气里，觉得声大得很。约略等了五分钟的样子，伊人听见背后忽然有脚步响，回转头来一看，见一个五十来岁的日本老妇人，蓬着了头红着了眼走上伊人这边来。她见了伊人便行了一个礼，并且说：

"你是东京来的伊先生么？我们东家天天在这里盼望你来呢！请你等一等，我就去请东家出来。"

这样的说了几句，她就慢慢的捱过了伊人的身前，跑上厨房门口去了。在厨房门口站着的车夫把伊人带来的介绍信交给了她。她就跑进去了。不多一忽，她就同一个五十五六的西洋妇人从竹篱那面出来，伊人抢上去与那西洋妇人握手之后，她就请伊人到她的住房内去，一边却吩咐那日本女人说：

"把伊先生的行李搬上楼上的外边的室里去！"

她一边与伊人说话，一边在那里预备红茶。谈了三十分钟，红茶也吃完了，伊人就到楼上的一间小房里去整理行李去。把行李整理了一半，那日本妇人上楼来对伊人说：

"伊先生！现在是祈祷的时候了！请先生下来到祈祷室里来吧。"

伊人下来到祈祷室里，见有两个日本的男学生和三个女学生已经先在那里了。C夫人替伊人介绍过之后对伊人说：

"我们每天从午后三点到四点必聚在一处唱诗祈祷的。祈祷的时候就打那一个钟作记号。（说着她就用手向檐下指了一指。）今天因为我到外面去了不在家，所以迟了两个钟头，因此就没有打钟。"

伊人向四围看了一眼，见第一个男学生头发长得很，同狮子一样的披在额上，戴着一双极近的钢丝眼镜，嘴唇上的一圈胡须长得很黑，大约已经有二十六七岁的样子。第二个男学生是一个二十岁前后的青年，也戴一双平光的银丝眼镜，一张圆形的粗黑脸，嘴唇向上的。两个人都是穿的日本的青花便服，所以一见就晓得他们是学生。女学生的方面伊人不便观察，所以只对了一个坐在他对面的年纪十六七岁的人，看了几眼。依他的一瞬间的观察看来，这一个十六七岁的女学生要算是最好的了，因为三人都是平常的相貌，依理而论，却彀不上水平线的。只有这一个女学生的长方面上有一双笑靥，所以她笑的时候，却有许多可爱的地方。读了一节圣经，唱了两首诗，祈祷了一回，会就散了。伊人问那两个男学生说：

"你们住在近边么？"

那长发的近视眼的人，恭恭敬敬的抢着回答说：

"是的，我们就住在这后面的。"

那年轻的学生对伊人笑着说：

"你的日本话讲得好得很，起初我们以为你只能讲英国话，不能讲日本话的。"

C夫人接着说：

"伊先生的英语却比日本语讲得好，但是他的日本话要比我的日本话好得多呢！"

伊人红了脸说：

"C夫人！你未免过誉了。这几位女朋友是住什么地方的？"

C夫人说：

"她们都住在前面的小屋里，也是同你一样来养病的。"

这样的说着，C夫人又对那几个女学生说：

"伊先生的学问是非常有根底的，礼拜天我们要请他说教给我们听哩！"

再会再会的声音，从各人的口中说了出来。来会的人都去了。夜色已同死神一样地不声不响地进来把屋中的空间占领了。伊人别了C夫人仍回到他楼上的房里来，在灰暗的日暮的光里，整理了一下，电灯来了。

六点四十分的时候，那日本妇人来请伊人吃夜饭去，吃了夜饭，谈了三十分钟，伊人就上楼去睡了。

四 亲和力

第二天早晨，伊人被窗外的鸟雀声唤醒，起来的时候,鲜红的日光已射满了沙岸上的树林,他开了朝南的窗,看看四围的空地丛林,都披了一层健全的阳光,横躺在无穷的苍空底下。他远远的看见北条车站上,有一乘机关车在那里哼烟,机关车的后面,连接着几辆客车货车,他知道上东京去的第一次车快开了。太阳光被车烟在半空中遮住,他看见车烟带着一层红黑的灰色,车站的马口铁的屋顶上,横斜的映出了一层黑影来。从车站起,两条小小的轨道渐渐的阔大起来,在他的眼下不远的地方通过,他觉得磨光的铁轨上,隐隐地反映着同蓝色的天鹅绒一样的天空。他看看四边,觉得广大的天空,远近的人家,树林,空地,铁道,村路都饱受了日光,含着了生气,好像在那里微笑的样子,他就深深地吸了一口清新的空气,觉得自家的肠腑里也有些生气回转起来,含了微笑,他轻轻的对自家说:

"春到人间了,Fruehliug ist gekommen!"

呆呆的站了好久,他才拿了牙刷牙粉肥皂手巾走下楼来到厨下去洗面去。那红眼的日本妇人见了他,就大声地说:

"你昨天晚上睡得好不好?我们的东家出去传道去了,九点半钟的圣经班她是定能回来的。"

洗完了面，回到楼上坐了一忽，那日本妇人就送了一杯红茶和两块面包和白糖来。伊人吃完之后，看看C夫人还没有回来，就跑出去散步去。从那一道木棒编成的小门里出去，沿了昨天来的那条村路向东的走了几步，他看见一家草舍的回廊上，有两个青年在那里享太阳，发议论，他看看好像是昨天见过的两个学生，所以就走了进去。两个青年见他进来，就恭恭敬敬的拿出垫子来，叫他坐了。那近视长发的青年，因为太恭敬过度了，反要使人发起笑来。伊人坐定之后，那长发的近视眼就含了微笑，对他呆了一呆，嘴唇动了几动，伊人知道他想说话了，所以就对他说：

"你说今天的天气好不好！"

"Es．Es．beri gud，beri good，and how longu hab been in Japan？"

（是，是，好得很，好得很，你住在日本多久了？）

那一位近视眼，突然说出了这几句日本式的英文来，伊人看看他那忽尖忽圆的嘴唇的变化，听听他那舌根底下好像含一块石子的发音，就想笑出来，但是因为是初次见面，又不便放声高笑，所以只得笑了一笑，回答他说：

"About eight years, quite a long time, isn't it?"

（差不多八年了，已经长得很呢，是不是？）

还有那一位二十岁前后的青年看了那近视眼说英文的样子，就笑了起来，一边却直直爽爽的对他说：

"不说了吧，你那不通的英文，还不如不说的好，哈……"

那近视眼听了伊人的回话，又说：

"Do you undastand my Ingulish?"

（你懂得我讲的英文么？）

"Yes, of course, I do, but……"

（那当然是懂的，但是……）

伊人还没有说完，他又抢着说：

"Alright, alright, leto us speaku Ingulish heea-aftar."

（很好很好，以后我们就讲英文吧。）

那年轻的青年说：

"伊先生，你别再和他歪缠了，我们向海边上去走走吧。"

伊人就赞成了，那年轻的青年便从回廊上跳了下来，同小丑一样的故意把衣服整了一整，把身体向左右前后摇了一摇，对了那近视眼恭恭敬敬的行了一礼，说：

"Gudo-bye! Mista K., Gudo-bye!"

伊人忍不住的笑了起来,那近视眼的K也说:

"Gudo-bye, Mista B., Gudo-bye Mista Yi."

走过了那草舍的院子,踏了松树的长影,出去二三步就是沙滩了。清静的海岸上并无人影,洒满了和煦的阳光。海水反射着太阳光线,好像在那里微笑的样子。沙上有几行行人的足迹印在那里。远远的向东望去,有几处村落,有几间渔舍浮在空中,一层透明清洁的空气,包在那些树林屋脊的上面。西边湾里有一处小市,浮在海上,市内的人家,错错落落的排列在那里,人家的背后,有一带小山,小山的背后,便是无穷的碧落。市外的湾口有几艘帆船,停泊在那里,那几艘船的帆樯,却能形容出一种港市的感觉出来。年轻的B说:

"那就是馆山,你看湾外不是有两个小岛同青螺一样的浮在那里么?一个是鹰岛,一个是冲岛。"

伊人向B所说的方向一看,在薄薄的海气里,果然有两个小岛浮在那里,伊人看那小岛的时候,忽然注意到小岛的背景的天空里去。他从地平线上一点一点的抬头起来,看看天空,觉得蓝苍色的天体,好像要溶化了的样子,他就不知不觉的说:

"唉，这碧海青天！"

B也仰起头来看天，一边对伊人说：

"伊先生！看了这青淡的天空，你们还以为有一位上帝，在这天空里坐着的么？若说上帝在那里坐着，怕在这样晴朗的时候，要跌下地来呢！"

伊人回答说：

"怎么不跌下来？你不曾看过弗兰斯著的Thais（泰衣斯）么？那绝食断欲的圣者，就是为了泰衣斯的肉体的缘故，从天上跌下来的吓。

"不错不错，那一位近视眼的神经病先生，也是很妙的。他说他要去进神学校去，每天到了半夜三更就放大了嗓子，叫起上帝来。

"'主吓，唉，主吓，神吓，耶稣吓！'

"像这样的乱叫起来，到了第二天，去问他昨夜怎么了？他却一声不响，把手摇几摇，嘴歪几歪。再过一天去问他，他就说：

"'昨天我是一天不言语的，因为这也是一种的修行，一礼拜之内我有两天是断言的，无论如何，在这两天之内，总不开嘴的。'

"有的时候他赤足赤身的跑上雨天里去立在那里，

我叫他,他默默地不应,到了晚上他却喀喀的咳嗽起来,你看这样寒冷的天气,赤了身到雨天里去,哪有不伤风的道理?到了这二天,我问他究竟为什么要上雨天里去,他说这也是一种修行。有一天晚上因为他叫'主吓!神吓'叫了太厉害了,我在梦里头被他叫醒,在被里听听,我也害怕起来,以为有强盗来了,所以我就起来,披了衣服,上他那一间房里去看他,从房门的缝里一瞧,我就不得不笑起来,你道怎么了,他老先生把衣服脱了精光,把头顶倒在地下,两只脚靠了墙壁跷在上面,闭了眼睛,作了一副苦闷难受的脸色,尽在那里瞎叫:

"'主吓,神吓,天吓,上帝吓!'

"第二天我去问,他却一句话也不答,我知道这又是他的断绝言语的日子,所以就不去问他了。"

B形容近视眼K的时候,同戏院的小丑一样,做脚做手的做得非常出神,伊人听一句笑一阵,笑得不了。到后来伊人问B说:

"K何苦要这样呢!"

"他说他因为要预备进神学校去,但是依我看来,他还是去进疯狂病院的好。"

伊人又笑了起来。他们两人的健全的笑声，反响在寂静的海岸的空气里，更觉得这一天的天气是清新可爱了。他们两个人的影子，和两双皮鞋的足迹在海边的软沙发上印来印去的走了一回，忽听见晴空里传了一阵清朗的钟声过来，他们知道圣经班的时候到了，所以就走上C夫人的家里去。

到C夫人家里的时候，那近视眼的K，和三个女学生已经围住了C夫人坐在那里了，K见了伊人和B来的时候，就跳起来放大了嗓子用了英文叫着说：

"Hulleo，Where hab you been？"

（喂！你们上哪儿去了？）

三个女学生和C夫人都笑了起来。昨天伊人注意观察过的那个女学生的一排白白的牙齿，和她那面上的一双笑靥，愈加使她可爱了。伊人一边笑着，一边在那里偷看她。各人坐下来，伊人又占了昨天的那位置，和那女学生对面地坐着。唱了一首赞美诗，各人就轮读起《圣经》来。轮到那女学生读的时候，伊人便注意看她那小嘴，她脸上自然而然的起了一层红潮。她读完之后，伊人还呆呆的在那里看她嘴上的曲线，她抬起头来的时候，她的视线同伊人的视线冲混了。她立时涨红了脸，把头低了下去。伊人也觉得难堪,就把视线集注到他手里的《圣经》上去。这些微妙的感情流露的地方,在座的人恐怕一个人也没有知道。圣经班完了,各人都要散回家去,近视眼的K,又用了英文对伊人说:

"Mista Yi, leto us take a walk."

(伊先生,我们去散步吧。)

伊人还没有回答之先,他又对那坐在伊人对面的女学生说:

"Miss O, you Will join us, would'nt you?"

(O蜜司,你也同我们去吧。)

那女学生原来姓O,她听了这话,就立时红了脸,穿了鞋,跑回去了。

C夫人对伊人说:

"今天天气好得很,你向海边上去散散步也是很好的。"

K听了这话,就叫起来说:

"Es, es, alright, alright!"

(不错不错,是的是的。)

伊人不好推却,只得同K和B三人同向海边上去。走了一回,伊人便说走乏了要回家来。K拉住了他说:

"Leto us pray！"

（让我们来祷告吧。）

说着K就跪了下去，伊人被他惊了一跳，不得已也只能把双膝曲了。B却一动也不动地站在那里看。K又叫了许多主吓神吓上帝吓。叫了一忽，站起来说：

"Gud-bye Gud-bye！"

（再会再会。）

一边说，一边就回转身来大踏步的走开了，伊人摸不出头绪来，一边用手打着膝上的沙泥，一边对B说：

"是怎么一回事，他难道发怒了么？"

B说：

"什么发怒，这便是他的神经病吓！"

说着，B又学了K的样子，跪下地去，上帝吓，主吓，神吓的叫了起来。伊人又禁不住的笑了。远远的忽有唱赞美诗的声音传到他们的耳边上来。B说：

"你瞧什么发怒不发怒，这就是他唱的赞美诗吓。"

伊人问B是不是基督教徒。B说：

"我并不是基督教徒，因为K定要我去听《圣经》，所以我才去。其实我也想信一种宗教，因为我的为人太轻薄了，所以想得一种信仰，可以自重自重。"

伊人和他说了些宗教上的话,又各把自己的学籍说了。原来B是东京高等商业学校的学生,去年年底染了流行性感冒,到房州来是为病后的保养来的。说到后来,伊人问他说:

"B君,我住在C夫人家里,觉得不自由得很,你那里的主人,还肯把空着的那一间房借给我么?"

"肯的肯的,我回去就同主人去说去,你今天午后就搬过来吧。那一位C夫人是有名的吝啬家,你若在她那里住久了,怕要招怪呢!"

又在海边走了一回,他们看看自家的影子渐渐儿的短起来了。快到十二点的时候,伊人就别了B,回到C夫人的家里来。

吃午膳的时候。伊人对C夫人把要搬往后面和K、B同住去的话说了,C夫人也并不挽留,吃完了午膳,伊人就搬往后面的别室里去了。

把行李书籍整顿了一整顿,看看时候已经不早了,伊人便一个人到海边上去散步去。一片汪洋的碧海,竟平坦得同镜面一样。日光打斜了,光线射在松树的梢上,作成了几处阴影。午后的海岸,风景又同午前的不同。伊人静悄悄的看了一回,觉得四边的风景怎么也形容不出来。他想把午前的风景比作患肺病的纯洁的处女，午后的风景比作成熟期以后的嫁过人的丰肥的妇人。然而仔细一想，又觉得比得太俗了。他站着看一忽，又俯了头走一忽，一条初春的海岸上，只有他一个人和他的清瘦的影子在那里动着。他向西的朝着了太阳走了一回，看看自家已经走得远了，就想回转身来走回家去，低头一看，忽看见他的脚底下的沙上有一条新印的女人的脚印在那里。他前前后后的打量了一回，知道这脚印的主人必在这近边的树林里。并没有什么目的，他就跟了那一条脚步印朝南的走向岸上的松树林里去。走不上三十步路，他看见树影里的枯草上有一条毡毯，几本书和妇人杂志摊在那里。因为枯草长得很，所以他在海水的边上竟看不出来，他知道这定是属于那脚印的主人的，但是这脚印的主人不知上哪里去了。呆呆的站了一忽，正想走转来的时候，他忽见树林里来了一个妇人，他的好奇心又把他的脚缚住了，等那妇人走近来的时候，他不觉红起脸来，胸前的跳跃，怎么也按不下去，所以他只能勉强把视线放低了，眼看了地面，他就回了那妇人一个礼，因为那时候，她已经走到他的面前来了，她原来就是那姓O的女学生。他好像是自家的卑陋的心情已经被她看破了的样子，红了脸对她赔罪说：

"对不起得很，我一个人闯到你的休息的地方来。"

"不……不要……"

他看她也好像是没有什么懊恼的样子，便大着胆问她说：

"你府上也是东京么？"

"学校是在东京的上野……但是……家乡是足利。"

"你同C夫人是一向认识的么？"

"不是的……是到这里来之后认识的。……"

"同K君呢？"

"那一个人……那一个人是糊涂虫！"

"今天早晨他邀你出来散步，是他对我的好意，实在唐突得很，你不要见怪了，我就在这里替他赔一罪吧。"

伊人对她行了一个礼，她倒反觉难以为情起来，就对伊人说：

"说什么话，我……我……又不在这里怨他。"

"我也走得乏了，你可以让我在你的毡毯上坐一坐么？"

"请，请坐！"

伊人坐下之后，她尽在那里站着，伊人就也站了起来说：

"我可失礼了，你站在那里，我倒反而坐起来。"

"不是这样的，不是这样的，我因为坐太久，所以不愿意坐的呢。"

"这样我们再去走一忽吧。"

"怕被人家看见了。"

"海边上清静得很，一个人也没有。"

她好像是无可无不可的样子。伊人就在先头走了，她也慢慢的跟了来。太阳已经快斜到三十度的角度了，他和她沿了海边向西的走去，背后拖着了两个纤长的影子。东天的碧落里，已经有几片红云，在那里报将晚的时刻，一片白白的月亮也出来了。默默地走了三五分钟，伊人回转头来问她说：

"你也是这病么？"

一边说着一边就把自家的左手向左右肩的锁骨穴指了一下，她笑了一笑便低下头去，他觉得她的笑里有无限的悲凉的情意，含在那里。默默的又走了几步，他觉得被沉默压迫不过了，又对她说：

"我并没有什么症候，但是晚上每有虚汗出来，身体一天一天地清瘦下去，一礼拜前，我上大学病院去求诊的时候,医生教我休学一年,回家去静养,但是我想以后只有一年三个月了,怎么也不愿意再迟一年,所以今年暑假前我还想回东京去考试呢!"

"若能注意一点,大约总没有什么妨碍的。"

"我也是这么的想,毕业之后,还想上南欧去养病去呢!"

"罗马的古墟原是好的,但是由我们病人看来,还是爱衣奥宁海岸的小岛好呀!"

"你学的是不是声乐?"

"不是的,我的专门是别爱侬(Piano),但是声乐也学的。"

"那么请你唱一个小曲儿吧。"

"今天嗓子不好。"

"我唐突了,请你恕我。"

"你又要多心了,我因为嗓子不好,所以不能唱高音。"

"并不是会场上,音的高低,又何必去问它呢!"

"但是这样被人强求的时候,反而唱不出来的。"

"不错不错,我们都是爱自然的人,不唱也罢了。"

"走了太远了,我们回去吧。"

"你走乏了么?"

"乏倒没有，但是草堆里还有几本书在那里，怕被人看见了不好。"

"但是我可不曾看你的书。"

"你怎么会这样多心的，我又何尝说你看过来！"

"唉，这疑心病就是我半生的哀史的证明呀！"

"什么哀史？"

伊人就把他自小被人虐待，到了今日还不曾感得一些热情过的事情说了。两人背后的清影，一步一步的拖长起来，天空的四周，渐渐儿的带起紫色来了。残冬的余势，在这薄暮的时候，还能感觉得出来，从海上吹来的微风，透了两人的冬服，刺入他和她的高热的心里去。伊人向海上一看，见西北角的天空里一座倒擎的心样的雪山，带着了浓蓝的颜色，在和软的晚霞里作会心的微笑，伊人不觉高声的叫着说：

"你看那富士！"

这样的叫了一声，他不知不觉的伸出了五个指头去寻她那只同玉丝似的手去，他的双眼却同在梦里似的，还悬在富士山的顶上。几个柔软的指头和他那冰冷的手指遇着的时候，他不觉惊了一下，伸转了手，回头来一看，却好她也正在那里转过她的视线来。两人看了一

眼。默默地就各把头低去了。站了一忽,伊人就改换了声音,光明正大的对她说:

"你怕走乏了呢,天也快晚了,我们回转去吧。"

"就回转去吧,可惜我们背后不能看太阳落山的光景。"

伊人向西天一看,太阳已经快落山去了。回转了身,两人并着的走了几步,她说:

"影子的长!"

"这就是太阳落山的光景呀!"

海风又吹过一阵来,岸边起了微波,同飞散了的金箔似的,浪影闪映出几条光线来。

"你觉得凉么,我把我的外套借给你好么?"

"不凉……女人披了男人的外套,像什么样子呀!"

又默默的走了几步,他看看远岸已经有一层晚霞起来了。他和K、B住的地方的岸上树林外,有几点黑影,围了一堆红红的野火坐在那里。

"那一边的小孩儿又在那里生火了。"

"这正是一幅画呀!我现在好像唱得出歌来的样子:
'Kennst du das Land, wo die Zitronen bluhn.
Im dunkeln Laub die Gold-Orangen gluhn,

Ein sanfter Wind vom blauen Himmel weht,

Die Myrte still und hoch der Lorbeer steht？

"底下的是重复句,怕唱不好了！

"Kennst du es wohl？

Dahin！ Dahin

Mocht' ich mit dir, O mein Geliebte, ziehn！"

她那悲凉微颤的喉音,在薄暮的海边的空气里悠悠扬扬的浮荡着,他只觉得一层紫色的薄膜把他的五官都包住了。

"Kennst du das Haus, auf Saulen ruht sein Dach,

Es glanzt der Saal, es schimmert das Gemach,

Und Marmobilder stehn und sehn mich an：

Was hat man dir, du armes Kind, getan？"

四边的空气一刻一刻的浓厚起来。海面上的凉风又掠过了他的那火热的双颊,吹到她的头发上去。他听了那一句歌,忽然想起了去年夏天欺骗他的那一个轻薄的妇人的事情来。

"你这可怜的孩子呀,他们欺负了你么,唉！"

他自家好像是变了迷娘（Mignon）,无依无靠的一个人站在异乡的日暮的海边上的样子,用了悲凉的

沉沦

声调在那里幽幽唱曲的好像是从细浪里涌出来的宁妇（Nymph）魅妹（Mermaid）。他忽然觉得"生的闷脱儿"（Sentimental）起来，两颗同珍珠似的眼泪滚下他的颊际来了。

"Kennst du es wohl?

Dahin！Dahin

Moecht' ich mit dir，O mein Beschutzer，ziehn!

Kennst du den Berg und seinen Wolkensteg?

Das Maultier sucht im Nebel seinen Weg,

In Hohlen wohnt der Drachen alte Brut,

Es sturzt der Fels und uber ihn de Flut：

Kennst du ihn wohl?

Dahin！Dahin

Geht unser Weg! O Vater，lass uns ziehn！"

她唱到了这一句，重复的唱了两遍。她那尾声悠扬同游丝似的哀寂的清音，与太阳的残照，都在薄暮的空气里消散了。西天的落日正挂在远远的地平线上，反射出一天红软的浮云，长空高冷的带起银蓝的颜色来，平波如镜的海面，也加了一层橙黄的色彩，与四围的紫气溶作了一团。她对他看了一眼，默默的走了几步，就对他说：

"你确是一个'生的闷脱列斯脱'（Sentimentalist）！"

他的感情脆弱的地方，怕被她看破，就故意的笑着说：

"说什么话，这一个时期我早已经过去了。"

但是他颊上的两颗泪珠，还未曾干落，圆圆的泪珠里，也反映着一条缩小的日暮的海岸。走到她放毡毯书籍的地方，暮色已经从松树枝上走下来，空中悬着的半规上弦的月亮，渐渐儿的放起光来了。

"再会再会！"

"再会……再……会！"

五　月　光

伊人回到他住的地方，看见B一个人呆呆的坐在廊下看那从松树林里透过来的黝暗的海岸。听了伊人的脚步声，B就回转头来叫他说：

"伊君！你上什么地方去了，我们今天唱诗的时候只有四个人。你也不去，两个好看的女学生也不来，只有我和K君和一位最难看的女学生，C夫人在那里问你呢！"

"对不起得很，我因为上馆山去散步去了，所以赶不及回来。你已经吃过晚饭了么？"

"吃过了。浴汤也好了，主人在那里等你洗澡。"

洗了澡，吃了晚饭，伊人就在电灯底下记了一篇长篇的日记。把迷娘（Mignon）的歌也记了进去，她说的话也记了进去，日暮的海岸的风景，悲凉的情调，他的眼泪，她的纤手，富士山的微笑，海浪的波纹，沙上的足迹，这一天午后他所看见听见感得的地方都记了进去。写了两个多钟头，他愈写愈加觉得有趣，写好之后，读了又读，改了又改，又费去了一个钟头，这海岸的村落的人家，都已沉沉的酣睡尽了。寒冷静寂的屋内的空气压在他的头上肩上身上，他回头看看屋里，只有壁上的他那扩大的影子在那里动着，除了屋顶上一声两声的鼠斗声之外，更无别的音响振动着空气。火钵里的火也消了，坐在屋里，觉得难受，他便轻轻的开了门，拖了草履，走下院子里去，初八九的上弦的半月，已经斜在西天，快落山了。踏了松树的影子，披了一身灰白的月光，他又穿过了松林，走到海边上去。寂静的海边上的风景，比白天更加了一味凄惨洁净的情调。在将落未落的月光里，踏来踏去走了一回，他走上白天他和她走过的地方去。差不多走到了的时候，他就站住了脚，曲了身去看白天他两人的沙滩上的足迹去。同寻梦的人一样，他总寻不出两人的足印来。站起来又向西的走了一忽，伏倒去一寻，他自家的橡皮革履的足迹寻出来了。他的足迹的后边一步一步跟上去的她的足迹也寻了出来。他的胸前觉得跳跃的样子，《圣经》里的两节话忽然被他想出来了。

  But I say unto you, that whosoever looketh on a woman to lust after her hath committed adultery with her already in his heart.
  And if thy right eye offend thee, pluck it out, and cast it from thee; for it is profitable for thee that one of thy members should perish, and not that thy whole body should be cast into hell.

伊人虽已经与妇人接触过几次，然而在这时候，他觉得他的身体又回到童贞未破的时候去了的一样，他对O的心，觉得真是纯洁高尚，并无半点邪念的样子，想到了这两节圣经，他的心里又起起冲突来了。他站起来闭了眼睛，默默的想了一回。他想叫上帝来帮助他，但是他的哲学的理智性怎么也不许他祈祷,闭了眼睛,立了四五分钟,摇了一摇头,叹了一口气,他仍复走了回来。一边走他一边把头转向南面的树林里去。那边并无灯火看得出来,只有一层蒙蒙的月光,罩在树林的上面,一块树林的黑影,教人想到神秘的事迹上去。他看了一回,自家对自家说:

"她定住在这树林的里边,不知她睡没有睡,她也许在那里看月光的。唉,可怜我的一生,可怜我的长失败的生涯(long defeat life)!"

月亮又低了一段,光线更灰白起来,海面上好像有一只船在那里横驶的样子,他看了一眼,灰白的光里,只见一只怪兽似的一个黑影在海上微动,他忽觉得害怕起来,一阵的凉风又横海的掠上他的颜面,他打了一个冷痉,就俯了首三脚两步的走回家来了。睡了之后,他觉得有女人的声音在门外叫他的样子。仔细听了一听,这确是唱迷娘的歌的声音。他就跑出来跟了她上海边上去。月亮正要落山的样子,西天尽变了红黑的颜色。他向四边一看,觉得海水树林沙滩也都变了红黑色了。他对她一看,见她脸色被四边的红黑色反映起来,竟苍白得同死人一样。他想和她说话,但是总想不出什么话来。她也只含了两眼清泪，在那里默默的看他。两人在沉默的中间，动也不动的看了一忽，她就回转身向树林里走去。他马上追了过去，但是到树林的口头的时候，他忽然遇着了去年夏天欺骗他的那个淫妇，含着了微笑，从树林里走了出来。啊的叫了一声，他就想跑到家里来，但是他的两脚，怎么也不能跑，苦闷了一回，他的梦才醒了。身上又发了一身冷汗，那一晚他再也不能睡了。去年夏天的事情，他又回想了出来。去年夏天他的身体还强健得很，在高等学校卒了业，正打算进大学去，他的前途还有许多希望在那里。我们更换一个高一级的学校或改迁一个好一点的地方的时候感得的那一种希望心和好奇心，也在他的胸中酝酿。那时候他的经济状态，也比现在宽裕，家里汇来的五百元钱，还有一大半存在银行里，他从他的高等学校的N市，迁到了东京，在芝区的赤仓旅馆里住了一个礼拜，有一天早晨在报上看见了一处招租的广告。因为广告上出租的地方近在第一高等学校的前面，所以去大学也不甚远。他坐了电车，到那个地方去一看，是一家中流人家。姓N的主人是一个五六十岁的强壮的老人，身体伟巨得很，相貌虽然狞恶，然而应对却非常恭敬。出租的是楼上的两间房子，伊人上楼去一看，觉得房间也还清洁，正坐下去，同那老主人在那里讲话的时候，扶梯上走上了一个二十三四的优雅的妇人来。手里拿了一盆茶果，走到伊人的面前就恭恭敬敬跪下去对伊人行了一个礼。伊人对她看了一眼，她就含了微笑，对伊人丢了一个眼色。伊人倒反觉得害起羞来。她还是平平常常的好像得了胜利似的下楼去了。伊人说定了房间，就走下楼来。出门的时候，她又跪在门口，含了微笑在那里送他。他虽然不能仔仔细细的观察，然而就他一眼所及的地方看来，刚才的那个妇人，确是一个美人。小小的身材，长圆的脸儿，一头丛多的黑色的头发，坠在她的娇白的额上。一双眼睛活得很，也大得很。

伊人一路回到他的旅馆里去，在电车上就作了许多空想。

"名誉我也有了，从九月起我便是帝国大学的学生了。金钱我也可以支持一年，现在还有二百八十余元的积贮在那里。第三个条件就是女人了。Ah, money, love and fame！"

他想到这里，不觉露了一脸微笑，电车里坐在他对面的一个中年的妇人，好像在那里看他的样子，他就在洋服袋里拿出了一册当时新出版的日本的小说《一妇人》（*Aru Onnan*）来看了。

　　第二天早晨，他一早就从赤仓旅馆搬到本乡的N的家里去。因为时候还早得很，昨天看见的那妇人还没有梳头，粗衣乱发的她的容姿，比梳妆后的样子还更可爱，他一见了她就红了脸，一句话也讲不出来。她只含着了微笑，帮他在那里整理从旅馆里搬来的物件。一只书箱重得很，伊人一个人搬不动，她就跑过来帮伊人搬上楼去。搬上扶梯的时候，伊人退了一步，却好冲在她的怀里，她便轻轻地把伊人抱住了说：

　　"危险呀！要没有我在这里，怕你要滚下去了。"

　　伊人觉得一层女人的电力，微微的传到他的身体上去。他的自制力已经没有了，好像在冬天寒冷的时候，突然进了热雾腾腾的浴室里去的样子，伊人只昏昏的说：

　　"危险危险！多谢多谢！对不起对不起！……"

　　伊人急忙走开了之后，她还在那里笑着，看了伊人的恼羞的样子，她就问他说：

　　"你怕羞么！你怕羞我就下楼去！"

　　伊人正想回话的时候，她却转了身走下楼去了。

　　夏天的暑热，一天一天的增加起来，伊人的神经衰弱也一天一天的重起来了。伊人在N家里住了两个礼拜，家里的情形，也都被他知道了。N老人便是那妇人的义父，那妇人名叫M，是N老人的朋友的亲生女。M有一个男人，是入赘的，现在乡下的中学校里做先生，所以不住在家里的。

那妇人天天梳洗的时候，总把上身的衣服脱得精光，把她的乳头胸口露出来。伊人起来洗面的时候每天总不得不受她的露体的诱惑，因此他的脑病更不得不一天重似一天起来。

有一天午后，伊人正在那里贪午睡，M一个人不声不响的走上扶梯钻到他的帐子里来。她一进帐子伊人就醒了。伊人对她笑了一笑，她也对伊人笑着并且轻轻的说：

"底下一个人都不在那里。"

伊人从盖在身上的毛毯里伸出了一只手来，她就靠住了伊人的手把身体横下来转进毛毯里去。

第二日她和她的父亲要伊人带上镰仓去洗海水澡。伊人因为不喜欢海水浴，所以就说：

"海水浴俗得很，我们还不如上箱根温泉去吧。"

过了两天，伊人和M及M的父亲，从东京出发到箱根去了。在宫下的奈良屋旅馆住下的第二天，M定要伊人和她上芦湖去，N老人因为家里丢不下，就在那一天的中饭后回东京去了。

吃了中饭，送N老人上了车，伊人就同她上芦湖去。倒行的上山路缓缓的走不上一个钟头，她就不能走了。好容易到了芦湖，伊人和她又投到纪国屋旅馆去住下。换了衣服，洗了汗水，吃了两杯冰淇淋，觉得元气恢复起来，闭了纸窗，她又同伊人睡下了。

过了一点多钟太阳沉西的时候，伊人又和她去洗澡去。吃了夜饭，坐了二三十分钟，楼下还很热闹的时候，M就把电灯熄了。

第二天天气热得很，伊人和她又在芦湖住了一天，第三天的午后，他们才回到东京来。

伊人和M，回到本乡的家里的门口的时候，N老人就迎出来说：

"M儿！W君从病院里出来了！"

"啊！这……病好了么，完全好了么！"

M的面上露出了一种非常欢喜的样子来，伊人以为W是她的亲戚，所以也不惊异，走上家里去之后，他看见在她的房里坐着一个三十来岁的男子。这男子的身体雄伟得很，脸上带着一脸酒肉气，见伊人进来，就和伊人叙起礼来。N老人就对伊人说：

"这一位就是W君，在我们家里住了两年了。今年已经在文科大学毕业。你的名氏他也知道的，因为他学的是汉文，所以在杂志上他已经读过你的诗的。"

M一面对W说话，一面就把衣服脱下来，拿了一块手巾把身上的汗揩了，揩完之后，把手巾递给伊人说：

"你也揩一揩吧！"

伊人觉得不好看，就勉强的把面上的汗揩了。伊人与W虽是初次见面，但是总觉得不能与他合伴。不晓是什么理由，伊人总觉得W是他的仇敌。说了几句闲话，伊人上楼去拿了手巾肥皂，就出去洗澡去了。洗了澡回来，伊人在门口听见M在那里说笑，好像是喜欢得了不得的样子。伊人进去之后，M就对他说：

"今天晚上W先生请我们吃鸡，因为他病好了，今天是他出病院的纪念日。"

M又说W因为害肾脏病，到病院去住了两个月，今天才出病院的。伊人含糊的答应了几句，就上楼去了。这一天的晚上，伊人又害了不眠症，开了眼睛，竟一睡也睡不着。到十二点钟的时候，他听见楼底下的M的房门轻轻儿的开了，一步一步的M的脚步声走上她的间壁的W的房里去。叽哩咕噜的讲了几句之后，M特有的那一种呜呜的喘声出来了，伊人正同披了一身冷水的样子，他的心脏的鼓动也停止了，他的脑里的血液也凝住了。他的耳朵同大耳似的直竖了起来，楼下的一举一动他都好像看得出来的样子，W的肥胖的肉体，M的半开半闭的眼睛，散在枕上的她的头发，她的嘴唇和舌尖，她的那一种粉和汗的混和的香气，下体的颤动……他想到这里，已经不能耐了。愈想睡愈睡不着。楼下息息索索的声响，更不止的从楼板上传到他的耳膜上来。他又不敢作声，身体又不敢动一动。他胸中的苦闷和后悔的心思，一时同暴风似的起来，两条冰冷的眼泪从眼角上流到耳朵根前，从耳朵根前滴到枕上去了。

　　天将亮的时候M才幽脚幽手的回到她自己的房里去，伊人听了一忽，觉得楼底下的声音息了。翻来覆去的翻了几个身，才睡着了。睡不上一点多钟，他又醒了。下楼去洗面的时候，M和W都还睡在那里，只有N老人从院子对面的一间小屋里（原来老人是睡在这间小屋里的）走了下来，擦擦眼睛对伊人说：

　　"你早啊！"

　　伊人答应了一声，匆匆洗完了脸，就套上了皮鞋，跑出外面去。他的脑里正乱得同蜂巢一样，不晓得怎么才好。他乱的走了一阵，却走到了春日町的电车交换的十字路口了。不问清白，他跳上了一乘电车就乘在那里，糊糊涂涂的换了几次车，电车到了目黑的终点了。太阳已经高得很，在田塍路上穿来穿去的走了十几分钟，他觉得头上晒得痛起来，用手向头上一摸，才知道出来的时候，他不曾把帽子带来。向身上脚下一看，他自家也觉得好笑起来。身上只穿了一件白绸的寝衣，赤了脚穿了一双白皮的靴子。他觉得羞极了，要想回去，又不能回去，走来走去的走了一回，他就在一块树阴的草地上坐下了。把身边的钱包取出来一看，包里还有三张五元的钞票和二三元零钱在那里，幸喜银行的账簿也夹在钱包里面，翻开来一看，只有百二十元钱存在了。他静静的坐了一忽，想了一下，忽把一月前头住过的赤仓旅馆想了出来。他就站起来走，穿过了几条村路，寻到一间人力车夫的家里，坐了一乘人力车，便一直的奔上赤仓旅馆去。在车上的幌帘里，他想想一月前头看了房子回来在电车上想的空想，不知不觉的就滴了两颗大眼泪下来。

"名誉，金钱，妇女，我如今有一点什么？什么也没有，什么也没有。我……我只有我这一个将死的身体。"

到了赤仓旅馆，旅馆里的听差的看了他的样子，都对他笑了起来：

"伊先生！你被强盗抢劫了么？"

伊人一句话也回答不出，就走上账桌去写了一张字条，对听差的说：

"你拿了这一张字条，上本乡××町×××号地的N家去把我的东西搬了来。"

伊人默默的上一间空房间里去坐了一忽，种种伤心的事情，都同春潮似的涌上心来。他愈想愈恨，差不多想自家寻死了，两条眼泪连连续续的滴下他的腮来。

过了两个钟头之后，听差的人回来说：

"伊先生你也未免太好事了。那一个女人说你欺负了她，如今就要想远遁了。她怎么也不肯把你的东西交给我搬来。她说还有要紧的事情和你亲说，要你自家去一次。一个三十来岁的同牛也似的男人说你太无礼了。因为他出言不逊，所以我同他闹了一场，那一只牛大概是她的男人么？"

"她另外还说什么？"

"她说的话多得很呢！她说你太卑怯了！并不像一个

男子汉,那是她看了你的字条的时候说的。"

"是这样的么,对不起得很,要你空跑一次。"

一边这样的说,一边伊人就拿了两张钞票,塞在那听差的手里。听差的要出去的时候,伊人又叫他回来,要他去拿了几张信纸信封和笔砚来。笔砚信纸拿来了之后,伊人就写了一封长长的信给M。

第三天的午前十时,横滨出发的春日丸轮船的二等舱板上,伊人呆呆的立在那里。他站在铁栏旁边,一瞬也不转的在那里看渐渐儿小下去的陆地。轮船出了东京湾,他还呆呆的立在那里,然而陆地早已看不明白了,因为船离开横滨港的时候,他的眼睛就模糊起来,他的眼睑毛上的同珍珠似的水球,还有几颗没有干着,所以他不能下舱去与别的客人接谈。

对面正屋里的挂钟敲了二下,伊人的枕上又滴了几滴眼泪下来,那一天午后的事情,箱根旅馆里的事情,从箱根回来那一天晚上的事情,他都记得清清楚楚,同昨天的事情一样。立在横滨港口春日丸船上的时候的懊恼又在他的胸里活了转来,那时候尝过的苦味他又不得不再尝一次。把头摇了一摇,翻了一转身,他就轻轻的说:

"呀!你是我的天使,你还该来救救我。"

伊人又把白天她在海边上唱的迷娘的歌想了出来：

"你这可怜的孩子吓，他们欺负了你了么？唉！"

"Was hat man dir, du armcs kind, getan？"

伊人流了一阵眼泪，心地渐渐儿的和平起来，对面正屋里的挂钟敲三点的时候，他已经嘶嘶的睡着了。

六　崖　上

伊人醒来的时候已经是九点多了。窗外好像在那里下雨的样子，檐漏的滴声传到被里睡着的伊人的耳朵里来。开了眼又睡了一刻钟的样子，他起来了。开门一看，一层蒙蒙的微雨，把房屋树林海岸遮得同水墨画一样。伊人洗完了脸，拿出一本乔其墨亚的小说来，靠了火钵读了几页，早膳来了。吃过早膳，停了三四十分钟，K和B来说闲话，伊人问他们今天有没有圣经班，他们说没有，圣经班只有礼拜二礼拜五的两天有的。伊人一心想和O见面，所以很愿意早一刻上C夫人的家里去，听了他们的话，他也觉得有些失望的地方，B和K说到中饭的时候，各回自家的房里去了。

吃了中饭，伊人看了一篇乔其墨亚（George Moore）的《往事记》（*Memoirs of irs dead life*），那钟声又当

119

当的响了起来。伊人就跑也似的走到C夫人的家里去。K和B也来了，两个女学生也来了，只有O不来，伊人胸中硗硗落落地总平静不下去。一分钟过去了，五分钟过去了，O终究没有来。赞美诗也唱了，祈祷也完了，大家都快散去了，伊人想问她们一声，然而终究不能开口。两个女学生临去的时候，K倒问她们说：

"O君怎么今天又不来？"

一个年轻一点的女学生回答说：

"她今天身上又有热了。"

伊人本来在那里作种种的空想的，一听了这话，就好像是被宣告了死刑的样子，他的身上的血管一时都觉得涨破了。他穿了鞋子，急急的跟了那两个女学生出来。等到无人看见的时候，他就追上去问那两个女学生说：

"对不起得很，O君是住在什么地方的，你们可以领我去看看她么？"

两个女学生尽在前头走路，不留心他是跟在她们后边的，被他这样的一问就好像惊了似的回转身来看他。

"啊！你怎么雨伞都没有带来，我们也是上O君那里去的，就请同去吧！"

两个女学生就拿了一把伞借给了他，她们两个就合用了一把向前的走去。在如烟似雾的微雨里走了一二十分钟，他们三人就走到了一间新造的平房门口，门上挂着一块O的名牌，一扇小小的门，却与那一间小小的屋相称。三人开门进去之后，就有一个老婆子迎出来说：

"请进来！这样的下雨，你们还来看她，真真是对不起得很了。"

伊人跟了她们进去，先在客室里坐下，那老婆子捧出茶来的时候，指着伊人对两个女学生问说：

"这一位是……"

这样的说了，她就对伊人行起礼来。两个女学生也一边说一边在那里陪礼。

"这一位是东京来的。C夫人的朋友，也是基督教徒。……"

伊人也说：

"我姓伊，初次见面，以后还请照顾照顾。……"

初见的礼完了，那老婆子就领伊人和两个女学生到O的卧室里去。O的卧室就在客室的间壁，伊人进去一看，见O红着了脸，睡在红花的绉布被里，枕边上有一本书摊在那里。脚后摆着一个火钵，火钵边上有一个坐的蒲团，这大约是那老婆子坐的地方。火钵上的铁瓶里，有

沉 沦

一瓶沸的开水,在那里发水蒸气,所以室内温暖得很。伊人一进这卧房,就闻得一阵香水和粉的香气,这大约是处女的闺房特有的气息。老婆子领他们进去之后,把火钵移上前来,又从客室里拿了三个坐的蒲团来,请他们坐了。伊人一进这病室,就觉得有一种悲哀的预感,好像有人在他的耳朵根前告诉说:

"可怜这一位年轻的女孩,已经没有希望了。你何苦又要来看她,使她多一层烦忧。"

一见了她那被体热蒸红的清瘦的脸儿,和她那柔和悲寂的微笑,伊人更觉得难受,他红了眼,好久不能说话,只听她们三人轻轻地在那里说:

"啊!这样的下雨,你们还来看我,真对不起得很呀。"(O的话)

"那里的话,我们横竖在家也没有事的。"(第一个女学生)

"C夫人来过了么?"(第二个女学生)

"C夫人还没有来过,这一点小病又何必去惊动她,你们可以不必和她说的。"

"但是我们已经告诉她了。"

"伊先生听了我们的话,才知道你是不好。"

"啊！真对你们不起，这样的来看我，但是我怕明天就能起来的。"

伊人觉得O的视线，同他自家的一样，也在那里闪避。所以伊人只是俯了首，在那里听她们说闲话，后来那年纪最小的女学生对伊人说：

"伊先生！你回去的时候，可以去对C夫人说一声，说O君的病并不厉害。"

伊人诚诚恳恳的举起视线来对O看了一眼，就马上把头低下去说：

"虽然是小病，但是也要保养……"

说到这里，他觉得说不下去了。

三人坐了一忽，说了许多闲话，就站起来走。

"请你保重些！"

"保养保养！"

"小心些……"

"多谢多谢，对你们不起！"

伊人临走的时候，又深深的对O看了一眼，O的一双眼睛，也在他的面上迟疑了一回。他们三人就回来了。

礼拜日天晴了，天气和暖了许多。吃了早饭，伊人就与K和B，从太阳光里躺着的村路上走到北条市内的礼拜堂去做礼拜。雨后的乡村，满目都是清新的风景。一条沙泥和硅石结成的村路，被雨洗得干干净净在那里反射太阳的光线。道旁的枯树，以青苍的天体作为背景，挺着枝干，好像有一种新生的气力贮蓄在那里的样子，大约发芽的时期也不远了。空地上的枯树投射下来的影子，同苍老的南画的粉本一样。伊人同K和B，说了几句话，看看近视眼的K，好像有不喜欢的样子形容在面上，所以他就也不再说下去了。

到了礼拜堂里，一位三十来岁的，身材短小，脸上有一簇闹腮短胡子的牧师迎了出来。这牧师和伊人是初次见面，谈了几句话之后，伊人就觉得他也是一个沉静无言的好人。牧师也是近视眼，也戴着一双钢丝边的眼镜，说话的时候，语音是非常沉郁的。唱诗说教完了之后，是自由说教的时刻了。近视眼的K，就跳上坛上去说：

"我们东洋人不行不行。我们东洋人的信仰全是假的，有几个人大约因为想学几句外国话，或想与女教友交际交际才去信教的。所以我们东洋人是不行的。我们若要信教，要同原始基督教徒一样的去信才好。也不必讲外国话，也不必同女教友交际的。"

伊人觉得立时红起脸来，K的这几句话，分明是在那里攻击他的。第一何以不说"日本人"要说"东洋人"？在座的人除了伊人之外还有谁不是日本人呢？讲外国话，与女教友交际，这是伊人的近事。K的演说完了之后，大家起来祈祷，祈祷毕，礼拜就完了。伊人心里只是不解，何以K要反对他到这一个地步。来做礼拜的人，除了C夫人和那两个女学生之外，都是些北条市内的住民，所以K的演说也许大家是不能理会的，伊人想到了这里，心里就得了几分安易。众人还没有散去之先，伊人就拉了B的手，匆匆的走出教会来了。走尽了北条的热闹的街路，在车站前面要向东折的时候，伊人对B说：

"B君，我要问你几句话，我们一直的去，穿过了车站，走上海岸去吧。"

穿过了车站走到海边的时候，伊人问说：

"B君，刚才K君讲的话，你可知道是指谁说的？"

"那是指你说的。"

"K何以要这样的攻击我呢？"

"你要晓得K的心里是在那里想O的。你前天同她上馆山去，昨天上她家去看她的事情，都被他知道了。他还在C夫人的面前说你呢！"

伊人听了这话，默默的不语，但是他面上的一种难过的样子，却是在那里说明他的心理的状态。他走了一段，又问B说：

"你对这事情的意见如何，你说我不应该同O君交际的呢，还是怎么？"

"这话我也难说，但是依我的良心而说，我是对K君表同情的。"

伊人和B又默默的走了一段，伊人自家对自家说：

"唉！我又来作卢亭（Roudine）了。"

日光射在海岸上，沙中的硅石同金刚石似的放了几点白光。一层蓝色透明的海水的细浪，就打在他们的脚下。伊人俯了首走了一段，仰起来看看苍空，觉得一种悲凉孤冷的情怀，充满了他的胸里，他读过的卢骚著的《孤独者之散步》里边的情味，同潮也似的涌到他的脑里来，他对B说：

"快十二点钟了，我们快一点回去吧。"

七　南　行

礼拜天的晚上，北条市内的教会里，又有祈祷会，祈祷毕后，牧师请伊人上坛去说话。伊人拣了一句《山上垂诫》里边的话作他的演题：

"Blessed are the poor in spirit; for theirs is the Kingdom of Heaven.

"Matthew5.2.

"'心贫者福矣，天国为其国也。'

"说到这一个'心'字，英文译作Spirit，德文译作Geist，法文是Esprit，大约总是作'精神'讲的。精神上受苦的人是有福的，因为耶稣所受的苦，也是精神上的苦。说到这'贫'字，我想是有二种意思，第一就是我们平常所说的贫苦的'贫'，就是由物质上的苦而及于精神上的意思。第二就是孤苦的意思，这完全是精神上的苦处。依我看来，耶稣的说话里，这两种意思都是包含在内的。托尔斯泰说，山上的说教，就是耶稣教的中心要点。耶稣教义，是不外乎山上的垂诫，后世的各神学家的争论，都是牵强附会，离开正道的邪说，那些枝枝叶叶，都是掩藏耶稣的真意的议论，并不是显彰耶稣的道理的烛炬。我看托尔斯泰信仰论里的这几句话是很有价值的。耶稣教义，其实已经是被耶稣在山上说尽了。若说耶稣教义尽于山上的说教，那么我敢说山上的说教就尽于这'心贫者福矣'的一句话。因为'心贫者福矣'是山上说教的大纲，耶稣默默的走上山去，心里

沉沦

在那里想的，就是一句可以总括他的意思的话。他看看群众都跟了他来，在山上坐下之后，开口就把他所想说的话的纲领说了。

"'心贫者福矣，天国为其国也。'

"底下的一篇说教，就是这一个纲领的说明演绎。马太福音，想是诸君都研究过的，所以底下我也不要说下去。我现在想把我对于这一句纲领的话，究竟有什么感想，这一句话的证明，究竟在什么地方能寻得出来的话，说给诸君听听，可以供诸君作一个参考。我们的精神上的苦处，有一部分是从物质上的不满足而来的。比如游俄Hugo的《哀史》（*Les Miserables*）里的主人公详乏儿详（Jean Valjean）的偷盗，是由于物质上的贫苦而来的行动，后来他受的苦闷，就成了精神上的苦恼了。更有一部分经济学者，从唯物论上立脚，想把一切厌世的思想的原因，都归到物质上的不满足的身上去。他们说要是萧本浩（Schopenhauer）有一个理想的情人，他的哲学《意志与表象的世界》（*Die weltals Wille und Vorstellung*）就没有了。这未免是极端之论，但是也有半面真理在那里。所以物质上的不满足，可以酿成精神上的愁苦的。耶稣的话，'心贫者福矣'，就是教我们应该耐贫苦，不要去贪物质上的满足。基督教的一个大长所，就是教人尊重清贫，不要去贪受世上的富贵。《圣经》上有一处说，有钱的人非要把钱丢了，不能进天国，因为天国的门是非常窄的。亚西其的圣人弗兰西斯（St.Francis of Assisi），就是一个尊贫轻富的榜样。他丢弃了父祖的家财，甘与清贫去作伴，依他自家说来，是与穷苦结婚，这一件事有何等毅力！在法庭上脱下衣服来还他父亲的时候，谁能不被他感动！这是由物质上的贫苦而酿成精神上的贫苦的说话。耶稣教我们轻富尊贫，就是想救我们精神上的这一层苦楚。由此看来，耶稣教毕竟是贫苦人的宗教，所以耶稣教与目下的暴富者，无良心的有权力者不能两立的。我们现在更要讲到纯粹的精神上的贫苦上去。纯粹的精神上的贫苦的人，就是下文所说的有悲哀的人，心肠慈善的人，对正义如饥如渴的人，以及爱和平，施恩惠，为正义的缘故受逼迫的人。这些人在我们东洋就是所谓有德的人，古人说'德不孤，必有邻'，现在却是反对的了。为和平的缘故，劝人息战的人，反而要去坐监牢去。为正义的缘故，替劳动者抱不平的人，反而要去作囚人服苦役去。对于国家的无理的法律制度反抗的人，要被火来烧杀。

我们读欧洲史读到清教徒的被虐杀，路得的被当时德国君主迫害的时候，谁能不发起怒来。这些甘受社会的虐待，愿意为民众作牺牲的人，都是精神上觉得贫苦的人吓！所以耶稣说：'心贫者福矣，天国为其国也。'最后还有一种精神上贫苦的人，就是有纯洁的心的人。这一种人抱了纯洁的精神，想来爱人爱物，但是因为社会的因习，国民的惯俗，国际的偏见的缘故，就不能完全作成耶稣的爱，在这一种人的精神上，不得不感受一种无穷的贫苦。另外还有一种人，与纯洁的心的主人相类的，就是肉体上有了疾病，虽然知道神的意思是如何，耶稣的爱是如何，然而总不能去做的一种人。这一种人在精神上是最苦，在世界上亦是最多。凡对现在唯物的浮薄的世界不能满足，而对将来的欢喜的世界的希望不能达到的一种世纪末Fin de siecle的病弱的理想家，都可算是这一类的精神上贫苦的人。他们在这堕落的现世虽然不能得一点同情与安慰，然而将来的极乐国定是属于他们的。"

伊人在北条市的那个小教会的坛上，在同淡水似的煤汽灯光的底下说这些话的时候，他那一双水汪汪的眼光尽在一处凝视，我们若跟了他的视线看去，就能看出一张苍白的长圆的脸儿来。这就是O呀！

O昨天睡了一天，今天又睡了大半日，到午后三点钟的时候，才从被里起来，看看热度不高，她的母亲也由她去了。O起床洗了手脸，正想出去散步的时候，她的朋友那两个女学生来了。

"请进来，我正想出去看你们呢！"（O的话）

"你病好了么？"（第一个女学生）

"起来也不要紧的么？"（第二个女学生）

"这样恼人的好天气，谁愿意睡着不起来呀！"

"晚上能出去么？"

"听说伊先生今晚在教会里说教。"

"你们从哪里得来的消息？"

"是C夫人说的。"

"刚才唱赞美诗的时候说的。"

"我应该早一点起来，也到C夫人家去唱赞美诗的。"

在O的家里有了这会话之后，过了三个钟头，三个女学生就在北条市的小教会里听伊人的演讲了。

伊人平平稳稳的说完了之后，听了几声鼓掌的声音，就从讲坛上走了下来。听的人都站了起来，有几个人来同伊人握手攀谈，伊人心里虽然非常想跑上O的身边

沉沦

去问她的病状，然而看见有几个青年来和他说话，不得已只能在火炉旁边坐下了。说了十五分钟闲话，听讲的人都去了，女学生也去了，O也去了，只有K与B，和牧师还在那里。看看伊人和几个青年说完了话之后，B就光着了两只眼睛，问伊人说：

"你说的轻富尊贫，是与现在的经济社会不合的，若说个个人都不讲究致富的方法，国家不就要贫弱了么？我们还要念什么书，商人还要做什么买卖？你所讲的与你们捣乱的中国，或者相合也未可知，与日本帝国的国体完全是反对的。什么社会主义呀，无政府主义呀，那些东西是我所最恨的。你讲的简直是煽动无政府主义，社会主义的话，我是大反对的。"

K也擎了两手叫着说：

"Ee, es, alright, alright, mista B, yare-yare！"
（不错不错，赞成赞成，B君讲下去讲下去！）

（Yare-yare是日本语，翻译出来就是Bravo, Bravo或者Go on, Go on的意思）

和伊人谈话的几个青年里边的一个年轻的人忽站了起来对B说：

"你这位先生大约总是一位资本家家里的食客。我们工人劳动者的受苦，全是因为了你们资本家的缘故吓！资本家就是因为有了几个臭钱，便那样的作威作福的凶恶起来，要是大家没有钱，倒不是好么？"

"你这黄口的小孩，晓得什么东西！"

"放你的屁！你在有钱的大老官那里拍拍马屁，倒要骂起人来！……"

B和那个青年差不多要打起来了，伊人独自一个就悄悄的走到外面来。北条街上的商家，都已经睡了，一条静寂的长街上，洒满了寒冷的月光，从北面吹来的凉风，夹了沙石，打到伊人的面上来。伊人打了几个冷痉，默默的走回家去。走到北条火车站前，折向东去的时候，对面遇着几个微醉的劳动者，幽幽的唱着了乡下的小曲儿过去了。劳动者和伊人的距离渐渐儿的远起来，他们的歌声也渐渐儿的幽了下去，在这春寒料峭的月下，在这深夜静寂的海岸渔村的市上，那尾声微颤的劳动者的歌音，真是哀婉可怜。伊人一边默默的走去，俯首看着他在树影里出没的影子，一边听着那劳动者的凄切的悲凉的俗曲的歌声，忽然觉得鼻子里酸了起来，O对他讲的一句话，他又想出来了：

"你确是一个生的闷脱列斯脱！"

沉 沦

伊人到家的时候，已经是十一点钟光景，房里火钵内的炭火早已消去了。午后五点钟的时候从海上吹来的一阵北风，把内房州一带的空气吹得冰冷，他写好了日记，正在改读的时候，忽然打了两个喷嚏。衣服也不换，他就和衣的睡了。

第二天醒来的时候，伊人觉得头痛得非常，鼻孔里吹出来的两条火热的鼻息，难受得很。房主人的女儿拿火来的时候，他问她要了一壶开水，他的喉音也变了。

"伊先生，你感冒了风寒了。身上热不热？"

伊人把检温计放到腋下去一测，体热高到了三十八度六分。他讲话也不愿意讲，只是沉沉的睡在那里。房主人来看了他两次。午后三点半钟的时候，C夫人也来看他的病了，他对她道一声谢，就不再说话了。晚上C夫人拿药来给他的时候，他听C夫人说：

"O也伤了风，体热高得很，大家正在那里替她忧愁。"

礼拜二的早晨，就是伊人伤风后的第二天，他觉得更加难受，看看体热已增加到三十九度二分了，C夫人替他去叫了医生来一看，医生果然说：

"怕要变成肺炎，还不如使他入病院的好。"

午后四点钟的时候在夕阳的残照里,有一乘寝台车,从北条的八幡海岸走上北条市的北条病院去。

这一天的晚上,北条病院的楼上朝南的二号室里,幽暗的电灯光的底下,坐着了一个五十岁前后的秃头的西洋人和C夫人在那里幽幽的谈议,病室里的空气紧迫得很。铁床上白色的被褥里,有一个清瘦的青年睡在那里。若把他那瘦骨棱棱的脸上的两点被体热蒸烧出来的红影和口头的同微虫似的气息拿去了,我们定不能辨别他究竟是蜡人呢或是肉体。这青年便是伊人。

怀乡病者

一

当日光与夜阴接触的时候,在茫茫的荒野中间,头向着了混沌宽广的天空,一步一步的走去,既不知道他自家是什么,又不知道他应该做什么,也不知道他是向什么地方去的,只觉得他的两脚不得不一步一步的放出去,——这就是于质夫目下的心理状态。

在半醒半觉的意识里,他只朦朦胧胧的知道世界从此就要黑暗下去了,这荒野的干燥的土地就要渐渐的变成带水的沼泽了,他的两脚的行动,就要一刻一刻的不自由起来了,但是他也没有改变方向的意思,还是头朝着了幽暗的天空,一步一步的走去——

质夫知道他若把精神振刷一下,放一声求救的呼声,或者也还可以从这目下的状态里逃出来,但是他既无这样的毅力，也无这样的心愿。

若仔细一点来讲一个譬喻，他的状态就是在一条面上好像静止的江水里浮着的一只小小的孤船。那孤船上也没有舵工，也没有风帆，尽是缓缓的随了江水面下的潮流在那里浮动的样子。

若再进一步来讲一句现在流行的话，他目下的心理状态，就同奥勃洛目夫的麻木状态一样。

在这样的消沉状态中的于质夫朝着了窗，看看白云来往的残春的碧落，听听樱花小片，无风飞坠的微声，觉得眼面前起了一层纱障，他的膝上，忽而积了两点水滴。他站起来想伸出手去把书架上的书拿一本出来翻阅，却又停住了。好像在做梦似的呆呆地不知坐了多久，他却听得隔壁的挂钟，当当的响了五下。举起头来一看，他才知道他自家仍旧是呆呆的坐在他寄寓的这间小楼上。

且慢且慢，那挂钟的确是响了五下么？或者是不错的，因为太阳已经沉在西面植物园的树枝下了。

二

在一天清和首夏的晚上，那钱塘江上的小县城，

沉 沦

同欧洲中世纪各封建诸侯的城堡一样,带着了银灰的白色,躺在流霜似的月华影里。涌着半弓明月,浮着万叠银波,不声不响,在浓淡相间的两岸山中,往东流去的,是东汉逸民垂钓的地方。披了一层薄雾,半含半吐,好像华清池里试浴的宫人,在烟月中间浮动的,是宋季遗民痛哭的台榭。被这些前朝的遗迹包围住的这小县城的西北区里,有一对十四五岁的青年男女,沿了城河上石砌的长堤,慢慢的在柳荫底下闲步。大约已经是二更天气了,城里的人家都已沉在酣睡的中间,只有一座幽暗的古城,默默的好像在那里听他们俩的月下的痴谈。

那少年颊上浮起了两道红晕,呼吸里带着些薄酒的微醺,好像是在什么地方买了醉来的样子。女孩的腮边,虽则有一点桃红的血气,然而因为她那妩媚的长眉,和那高尖的鼻梁的缘故,终觉得有一层凄冷的阴影,投在她那同大理石似的脸上。他们两人默默无言地静了一会,就好像是水里的双鱼,慢慢的在清莹透澈的月光里游泳。

这是质夫少年梦里的生涯,计算起来已经是十年前的事情了。她后来嫁了他的一位同学,质夫四年前回国的时候,在一天清静的秋天的午后,于故乡的市上,只看见了她一次，只看见了她的一个怀孕的侧身。

三

阴历九月二十午前三点钟，东方未白的时候，质夫身体一边发抖，一边在一盏乌灰灰的洋灯光影里，从被窝里起来穿他那半新不旧的棉袍。院子里有几声息索息索的落叶声传来，大约是棵海棠树在那里凋谢了。他的寝室后的厨房里有一个旗人的厨子和厨子的侄儿——便是他哥哥家里的车夫，——一声两声在那里谈话。在这深夜的静寂里，他觉得他们的话声很大，但是他却听不出什么话来。质夫出到院子里来一看，觉得这北方故都里的残夜的月明，也带着些亡国的哀调。因为这幽暗的天空里悬着的那下弦的半月，光线好像在空中冻住了。他吃了一碗炒饭，拿了笔墨，轻轻的开了门，坐了哥哥的车走出胡同口儿的时候，觉得只有他一个人此刻还醒着，开了眼浮在王城的人海中间。在冷灰似的街灯里穿过了几条街巷，走上玉蛛桥的时候，忽有几声哀寂的喇叭声，同梦中醒来的小孩的哭声似的，传到他的两只冰冷的耳朵里来。他朝转头来看看西南角上那同一块冰似的月亮，又仰起头来，看看那发喇叭声的城墙里的灯光，觉得一味惨伤的情怀，同冰水似的泼满了他的全身。

与一群摇头摆尾的先生进了东华门，在太和殿外的石砌明堂里候点名的时候，质夫又仰起头来看了一眼将明未明的青天，不知是什么缘故，他心里好像受了千万委屈的样子，摇了一摇头，叹了一口气，忽然打了几个冷痉，质夫恨不得马上把手里提着的笔墨丢了，跑上外国去研究制造炸弹去。

这是数年前质夫在北京考留学生考试时候的景象。头场考完之后，新闻上忽报了一件奇事说："留学生何必考呢？""这一次应该考取的人，在未考之先早由部里指定了，可怜那些外省来考的人，还在那里梦做洋翰林洋学士呢！"

这又是几年前头的一幕悲喜剧的回忆。

四

质夫在楼上，糊糊涂涂断定了隔壁的挂钟，确是敲过五点之后，就慢慢的走下楼来，因为他的寓舍里是定在五点开晚饭的。

红花的小碗里盛了半碗饭，他觉得好像要吃不完的样子，但是却好一口气就吃下去了。吃完了这半碗饭，他也不想再添，所以就上楼去拿了一顶黄黑的软帽走出门外去。

门外是往植物园去的要路，顺了这一条路走下了斜坡，往右手一转便是植物园的正门。他走到植物园正门的一段路上，遇着了许多青年的男女，穿了花绿的衣裳，拖了柔白肥胖的脚，好像是游倦了似的，想趁着天还未黑的时候走回家去。这些青年男女的容貌不识究竟是美是丑？若他在半年前头遇着她们，是一定要看个仔细的，但是今天他却头也不愿意抬起来。他只记得路上有一个十七八岁的女学生，好像对她同伴说：

"我真不喜欢他！"

走来走去走了一阵，质夫觉得有些倦了。这岛国的首都的夜景，觉得也有些萧条起来了。仰起头来看看两面的街灯，都是不能进去休息的地方，他不得已就仍旧寻了最近的路走回寓舍来。走到植物园门口的时候，有一块用红绿色写成的招牌，忽然从一盏一百烛的电灯光里，射进了他的眼帘。拖了一双走倦了的脚，他就慢慢的走上了这家中国酒馆的楼。楼上一个客人也没有，叫定了一盘菜一壶酒，他就把两只手垫了头在桌上睡了几分钟。酒菜拿来之后，他仰起头来一看，才知道站在他面前的是一个十六七岁的中国女孩。一个圆形的面貌，眉目也还清秀。他问她是什么地方人，她说：

"娥是上海。"

她一边替质夫斟酒，一边好像在那里讲什么话的样子。质夫口里好像在那里应答她，但是心里脑里却全不觉得。她讲完了话不再讲的时候，质夫反而被这无言的沉默惊了一下，所以就随便问她说：

"你喝酒么？"

她含了微笑，对质夫点了一点头，质夫就把他手里的酒杯给了她。质夫一杯一杯的不知替她斟了几杯酒，她忽然把杯子向桌上一丢，跳进了他的怀里，用了两手紧紧的抱住了质夫的颈项，她那小嘴尽咬上他的脸来。

"娥热得厉害，热得厉害。娥想回自家屋里去。"

她一边这样的说，一边把她上下的衣裳在那里解。质夫呆呆的看了几分钟，忽觉得他的右颊与她的左颊的中间有一条冰冷的眼泪流下来了。到这时候他才知道她是醉了。他默默的替她把上下的衣裳扣好，把她安置在他坐的椅上之后，就走下楼来付账。走出这家菜馆的时候，他忽然想了一想：

"这女孩不晓究竟怎么的。"

在沉浊的夜气中间走了几步,他就把她忘记了;菜馆他也忘记了,今天的散步,他也忘记了,他连自家的身体都忘记了。他一个人只在黑暗中向前的慢慢走去,时间与空间的观念,世界上一切的存在,在他的脑里是完全消失了。

血 泪

一

在异乡飘泊了十年,差不多我的性格都变了。或是暑假里,或是有病的时候,我虽则也常回中国来小住,但是复杂黑暗的中国社会,我的简单的脑子怎么也不能了解。

有一年的秋天,暑气刚退,澄清的天空里时有薄的白云浮着,钱塘江上两岸的绿树林中的蝉声,在晴朗的日中,正一天一天减退下去的时候,我又害了病回到了故乡。那时候正有种种什么运动在流行着,新闻杂志上,每天议论得昏天黑地。我一回到家里,就有许多年轻的学生来问我的意见,他们好像也把我当作了新人物看了,我看了他们那一种热心的态度,胸中却是喜欢得很,但是一听到他们问我的言语,我就不得不呆了。他们问说：

"你是主张什么主义的？"

我听了开头的这一句话，就觉得不能作答，所以当时只吸了一口纸烟，把青烟吐了出来，用嘴指着那一圈一圈的青烟，含笑回答说：

"这就是我的主义。"

他们听了笑了一阵，又问说：

"共产主义你以为如何？"

我又觉得不能作答，便在三炮台罐里拿了一支香烟请那问者吸；他点上了火，又向我追问起前问的答复来。我又笑着说：

"我已经回答你了，你还不理解么？"

"说什么话！我问你之后你还没有开过口。"

我就指着他手里的香烟说：

"这是谁给你的？"

"是你的。"

"这岂不是共产主义么？"

他和大家又笑了起来。我和他们讲讲闲话，看看他们的又嫩又白的面貌——因为他们都是高等小学生——觉得非常痛快，所以老留他们和我共饭。但是他们的面

沉沦

上好像都有些不满足的样子,因为我不能把那时候在日本的杂志上流行的主义介绍给他们听。

有一天晚上,南风吹来,有些微凉,但是因为还是七月的中旬,所以夜饭吃完后,不能马上就去上床,我和祖母母亲坐在天井里看青天里的秋星和那淡淡的天河。我的母亲幽幽的责备我说:

"你在外国住了这样长久,究竟在那里学些什么?你看我们东邻的李志雄,他比你小五岁,他又不上外国去,只在杭州中学校里住了两年,就晓得许多现在有名的人的什么主义,时常来对我们讲的。今年夏天,他不是因能讲那些主义的缘故,被人家请去了么?昨天他的父亲还对我说,说他一个月要赚五十多块钱哩。"

我听了这一段话,也觉得心里难过得很。因为我只能向干枯的母亲要钱去花,那些有光彩的事情,却一点也做不出来,譬如一种主义的主张,和新闻杂志上的言论之类我从来还没有做过,所以我的同乡,没有一个人知道我,我的同学,没有一个人记着我,如今非常信用我的母亲,也疑惑我起来了。我眼看着了暗蓝的天色,尽在那里想我再赴日本的日期和路径,母亲好像疑我在伤心了,便又非常柔和的说:

"达！你要吃蛋糕么？我今天托店里做了半笼。还没对你说呢！"

我那时候实在是什么也吃不下，但是我若拒绝了，母亲必要哀怜我，并且要痛责她自己埋怨我太厉害了，所以我就对她说：

"我要吃的。"

她去拿蛋糕的时候，我还呆呆的在看那秋空，我看见一个星飞了。

二

第二年的秋天，我又回到北京长兄家里去住了三个月。那时候，我有一个同乡在大学里念书。有一天一次我在S公寓的同乡那里遇着了二位我同乡的同学，他们问了我的姓名，就各人送了我一个名片：一位姓陈的是一个十八九岁的美少年，他的名片的姓名上刻着基而特社会主义者，消费合作团副团长，大学雄辩会干事，经济科学生的四行小字；一位姓胡的是江西人，大约有三十岁内外的光景，面色黝黑，身体粗大得很，他的名片上只刻有人道主义者，大学文科学生的两个衔头。

他们开口就问我说：

"足下是什么主义?"

我因为看见他们好像是很有主张的样子,所以不敢回答,只笑了一笑说:

"我还在念书,没有研究过各种主义的得失,所以现在不能说是赞成哪一种主义反对哪一种主义的。"

江西的胡君就认真的对我说:

"那怎么使得呢!你应该知道,现在中国的读书人,若没有什么主义,便是最可羞的事情,我们的同学,差不多都是有主义的。你若不以我为僭越,我就替你介绍一个主义吧。现在有一种世界主义出来了。这一种主义到中国未久,你若奉了它,将来必有好处。"

那美少年的陈君却笑着责备姓胡的说:

"主义要自家选择的,大凡我们选一种主义的时候,总要把我们的环境和将来的利益仔细研究一下才行。考察不周到的时候,有时你以为这种主义一定会流行的,才去用它。后来局面一变,你反不得不吃那主义的亏。所以到了那时候,那主义若是你自家选的呢,就同哑子吃黄连一样,自打自的嘴巴罢了,若是人家劝你选的呢,那你就不得不大抱怨于那劝你选的人。所以代人选择主义是很危险的。"

我听了陈君的话,心里感佩得很,以为像那样年轻的人,竟能讲出这样老成的话来。我呆了一会,心里又觉得喜欢,又觉得悲哀。喜欢的就是目下中国也有这样有学问有见识的青年了;一边我想到自家的身上,就不得不感着一种绝大的悲哀:

"我在外国图书馆里同坐牢似的坐了六七年,到如今究竟有一点什么学问?"

我正呆呆的坐在那里看陈君的又红又白的面庞,门口忽又进来了一位驼背的青年。他的面色青得同菜叶一样,又瘦又矮的他的身材,使人看不出他的年龄来。青黄的脸上架着一双铁边的近视眼镜。大约是他的一种怪习惯,看人的时候,每不正视,不是斜了眼睛看时,便把他的眼光跳出在那又细又黑的眼镜圈外来偷看。我被他那么看了一眼,胸中觉得一跳,因为他那眼镜圈外的眼光好像在说:

"你这位青年是没有主义的么?那真可怜呀!"

我的同乡替我们介绍之后,他又对我斜视了一眼,才从他那青灰布的长衫里摸了一张名片出来。我接过来一看,上边写着"人生艺术主唱者江涛,浙江"的几个字,我见了浙江两字,就感觉着一种亲热的乡情,便问他说：

"江先生也是在大学文科里念书的么？"

他又斜视了我一眼，放着他那同猫叫似的喉音说：

"是的是的，我们中国的新文学太不行了。我今天《晨报》上的一篇论文你看见了么？现在我们非要讲为人生的艺术不可，非要和劳动者贫民表同情不可。他们西洋人在提倡第四阶级的文学，我们若不提倡第五第六阶级的文学，怎么能赶得他们上呢？况且现在中国的青年都在要求有血有泪的文学，我们若不提倡人生的艺术，怕一般青年就要骂我们了。"

江君讲到这里，胡君光着两眼，带了怒，放大了他那洪钟似的声音叱着说：

"江涛，你那人生艺术，本来是隶属于我的人道主义的。为人生的艺术是人道主义流露在艺术方面的一端。你讲话的时候绝不提起你的主义的父祖，专在那些小问题上立论，我是非常反对的，并且你那名片上也不应该只刻人生艺术那几个字，因为人生艺术，还没有成一种主义，你知道么？你在名片上无论如何，非要刻人道主义者不可，你立刻去改正了吧！"

胡君江君争论了两个钟头，还没有解决，我看看太阳已经下山了，再迟留一刻，怕在路上要中了秋寒，所以就一个人走了。我走到门口的时候，听见屋里争执的声音更高了起来，本来是胆子很小，并且又非常爱和平的我，一边在灰土很深的日暮的街上走回家来，一边却在心里祝祷着说：

"可敬可爱的诸位主义的斗将呀，愿你们能保持和平，尊重人格，不至相打起来。"

三

我回到哥哥家里，看见哥哥在上房厅上与侄儿虎子和侄女定子玩耍。一把洋灯的柔和的光线，正与这中产家庭的空气相合，溶溶密密的照在哥哥和侄儿侄女的欢笑的面上。我因怕把他们欢乐的小世界打破，便走近坐在灯下按钢琴的嫂嫂身边去。嫂嫂见了我，就停住了手，问我说：

"你下半天上什么地方去了？"

"上S公寓去了一回。"

"你们何以谈了这么久？"

"因为有两个大学生在争论主义的范围，所以我一时就走不脱身了。"

嫂嫂叫厨子摆上饭来的时候，我还是呆呆的在那里想：

"我何以会笨到这步田地。读了十多年的死书，我却一个彻底的主义都还没有寻着。罢了罢了，像我这样的人，大约总不合于中国的社会的。"

这一年九月里，我因为在荒废的圆明园里看了一宵月亮，露宿了一晚，便冒了寒，害了一场大病，我病愈了，将返日本的时候，看见《晨报》上有一段记事说：

"今秋放洋的官费留学生中，当以××大学学生胡君陈君为最优良。胡君提倡人道主义，他的事业言论，早为我们所钦佩，这一次中了T校长的选，将他保荐官费留学美国，将来成就，定是不少的。陈君年少志高，研究经济素有心得，将来学成归国，想定能为我们经济社会施一番改革。"

这是三年前的事情，到了三年后的今日，我也不更听见胡陈二君在何处，推想起来，他们两位，大约总在美国研究最新最好的主义。

人近了中年，年轻时候的梦想不得不一层一层的被现实的世界所打破，我的异乡飘泊的生涯，也于今年七月间结束了。我一个人手里捧了一张外国大学的文凭，回到上海的时候，第一次欢迎我的就是赶上轮船三等舱里来的旅馆的接客者。——谢绝之后，拿了一个破皮包，走到了税关外的白热的马路上的时候，一群狞猛的人力车夫，又向我放了一阵欢迎的噪声。我穿了一套香港布的旧洋服，手里拿了一个皮包，为太阳光线一照，已经觉得头有些昏了；又被那些第四阶级的同胞拖来拖去的拉了一阵，我的脑贫血症，忽而发作了起来。我只觉得眼睛前面飞来了两堆山也似的黑影，向我的头上拼死的压了一下，以后的事情，我就不晓得了。

我在睡梦中，幽幽的听见了一群噪聒的人从我的身边过去了。我忽而想起了年少时候的情节来。当时我睡在母亲怀里，到了夜半，母亲叫我醒来，把一块米粉糕塞在我的口里，我闭着眼睛，把那块糕咬嚼了几口，听母亲糊糊涂涂的讲了几句话，就又睡着了。

我睁开眼睛来一看，觉得身上的衣服湿得很。向四边一望，我才晓得我仍睡在税关外的马路边上。路上不见人影，太阳也将下山去了。黄浦江的彼岸的船上，还留着一道残阳的影子，映出了许多景致。我看看身边上，那个破皮包还在那里。呆呆的在地上坐了一会，我才把从久住的日本回到故国来的事情，和午后二点钟饥饿得死去活来，方才从三等舱上了岸，在税关外受了那些人力车夫的竞争的事情，想了出来。

我那时候因为饥饿和衰弱的缘故竟晕倒了。站起了身，向四边看了一回，终不见一个人影。我正在没法的时候，忽听见背后有脚步跑响了。回转头来一看，在三菱公司码头房那边，却闪出了一乘人力车来。车上坐着一个洋服的日本人。他在码头房的后门口下车了。

我坐了这乘车，到四马路的一家小旅馆里住下，把我的破皮包打开来看的时候，就觉得我的血管都冰结住了。我打算在上海使用的一包纸币，空剩了一个纸包，不知被谁拿去了。我把那破皮包到底的寻了一遍，终寻不出一张纸币来。吃了晚饭，我就慢慢的走上十六铺的一位同乡的商人那里去。在灯火下走了半天，才走到了他的家里，讲了几句闲话之后，我问他借钱的时候，他把眉头一皱，默默的看了我一眼。那时候要是地底下有一个洞，怕我已经钻下去了。他把头弯了一弯，想了一想，就在袋里拿了两块大洋出来说：

"现在市面也不好，我们做生意的人苦得很哩！"

要在平时我必把那两块钱丢上他的脸去，问他个侮辱我的罪，但是连坐电车的钱也没有的我，就不得不恭恭敬敬的收了过来。

四

我想回到家里去，但是因为没有路费，所以就不得不在上海住下了。有一天晚上九点钟的时候，我卖了一件冬天的旧外套，得了六角小洋，在一家卖稀饭的店里吃得饱满，慢慢的——因为这几天来，我衰弱得不堪，走不快了——走出来的时候，在三马路的拐角上忽然遇着了那位××大学的同乡。他叫了我一声，我倒骇得一跳，因为我那香港布的洋服已经脏得不堪了，老在怕人疑我作扒手。我回转头来一看，认得是他，虽则一时涨红了脸，觉得羞愧得很，但心里却也喜欢得很。他说：

"啊，两年不见，你老得多了。你害病么？现在住在什么地方？"

我听了他这两句话，耳根又涨红了，因为我这几天住所是不定的。我那破皮包，里边也没有什么衣服了，我把它寄在静安寺路的一个庙里的佛柜下。白天我每到外白渡桥的公园里去看那些西洋的小孩儿游玩，到了晚上，在四马路大马路的最热闹的地方走来走去的走一回，就择了清静简便的地方睡一忽。半夜醒来的时候，若不能再睡，我就再起来闲走一回，走得倦了，就随便更选一个地方睡下。像这样无定所的我,遇着了那位富有的同乡,被他那么一问,教我如何答复呢?我含含糊糊的讲了几句话,问他住在什么地方。他说:

"我现在在一品香,打算一礼拜就上杭州去的。"

我和他一路走来,已经看得出跑马厅的空地了。他邀我上他的旅馆里去,我因为我的洋服太脏,到灯火辉煌的一品香去,怕要损失我同乡的名誉,所以只说:

"天气热得很,我们还是在外面走走好。"

我几次想开口问他借钱,但是因为受了高等教育的束缚,终觉得讲不出来。到后来我就鼓着勇气问他说:

"你下半年怎么样?"

"我已经在杭州就了一个二百块钱的差使,下半年大约仍在杭州的。你呢?"

"我啊,我,我是苦得不堪!非但下半年没有去的地方,就是目下吃饭的钱都没有。"

"你晓得江涛么?"

"我不晓得。"

"他是我的同学。现在在上海阔绰得很。他提倡的人生艺术现在大流行了。你若没有事情,我就替你介绍,去找找他看吧!"

他给了我一张名片，对我讲了一个地名，教我于第二天的午后六七点钟以前去见江涛。

第二天我一早起来，就跑上我同乡介绍给我的那地方去。找来找去找了半天，我才把那所房屋找着了。我细细的向左右看了一看，把附近的地理牢记了一回，便又跑上北四川路外的郊外去闲走去。无头无绪的跑了五六个钟头，在一家乡下的馆子里吃了六七个肉汤团，我就慢慢的走回到江某的住宅所在的那方面来。灼热的太阳，一刻也不假借，把它的同火也似的光线洒到我的身上来，我的洋服已经有一滴一滴的汗水滴下来了。慢慢的走上了江家的住宅，正好是四点半钟的光景，我敲门进去一看，一个十八九岁的丫头命我在厅上坐着等候。等了半点多钟，我今天一天的疲倦忽而把我征服了，我就在一张长椅上昏昏的睡着。不知睡了多久，我觉得有人在那里推我醒来。我睁开眼睛一看，只见一个脸色青黄，又瘦又矮的驼背青年立在我的面前。他那一种在眼镜圈外视人的习惯，忽而使我想起旧时的记忆来。我便恭恭敬敬的站起来问说：

"是江先生么？我们好像曾经见过面的。"

"我是江涛，你也许是已经见过我的，因为我常上各处去演讲，或者你在讲演的时候见过我也未可知。"

他那同猫叫似的喉音，愈使我想到三年前在我同乡那里遇着他的时候的景象上去。我含糊的恭维了一阵，便把来意告诉了。江涛又对我斜视了一眼说：

"现在沪上人多事少，非但你东洋留学生找不到事情，就是西洋留学生闲着的也很多呢！况且就是我们同主义的人，也还有许多没有位置。因为我也是一个人道主义者，所以对你们无产阶级是在主义上不得不抱同情，但是照目下的状态看来，是没有法子的。你的那位同乡，他境遇也还不错，你何不去找他呢？"

我把目下困苦的情形诉说了一遍，他又放着了猫叫似的喉音说：

"你若没有零用钱，倒也不难赚几个用用。你能做小说么？"

我急得没有法子，就也夸了一个大口，回答说：

"小说我是会做的。"

"那么你去做一篇小说来卖给我就对了。你下笔的时候，总要抱一个救济世人的心情才好。"

"这事恐怕办不到，因为我现在自家还不能救济，如何能想到救济世人上去。"

血　泪

"事实是事实，主义是主义，你要卖小说，非要趋附着现代的思潮不可。最好你去描写一个劳动者，说他如何如何的受苦，如何如何的被资本家虐待。文字里要有血有泪，才能感动人家。"

我连接答应了几个"是"，就告了辞出来。在夕阳晼晚的街上，我慢慢的走了一会，胸中忽觉得有一块隐痛，只是吐不出来的样子。走到沪宁火车站的边上，我的眼泪就忍不住的滴下来了。昨晚上当的那件外套的钱，只有二角银角子和六七个铜板了，我若去买了纸笔呢，今晚上就不得不饿着去做小说，若去吃了饭呢，我又没有方法去买纸笔。想了半天，我就乘了电车，上一品香的那同乡那里去。因为我的衣服太褴褛了，怕被茶房喝退，所以我故意挺了胸膈，用了气力，走上账房那里去问我同乡住房的号数。因为中国人是崇拜外国文的，所以我就用了英文问那账房。问明了号数，跑上去一看，我的同乡正不在家。我又用了英文，叫那茶房开了门，就进去坐定了。桌子上看来看去看了一会，我终寻不出纸来，我便又命茶房，把笔墨纸取了过来，摆在我的面前。等茶房出去之后，我就一口气写成了三四千字的一篇小说。内容是叙着一个人力车夫，因为他住的同猪圈似的一间房屋,又要加租了,他便与房东闹了一场。警察来的时候,反而说他不是,要押他到西牢里去。他气得没法,便一个人跑上酒铺子去喝得一个昏醉。已经是半夜了。他醉倒在静安寺路的马路中间,睡着了。一乘汽车从东面飞跑过来,将他的一只叉出的右足横截成了两段。他醒转来的时候,就在月亮底下,抱着了一只鲜血淋漓折断了的右足痛哭了一场。因为在这小说里又有血又有泪,并且是同情第四阶级的文字,所以我就取了"血泪"两字作了题目。我写好之后,我的同乡还没有回来,看看桌上的钟,已经快九点了。我忽觉得肚子里饥饿得很,就拿了那篇《血泪》一个人挺了胸膛,大踏步的走了出来,在四马路的摊上买了几个馒头,我就一边吃一边走上电车停留处去。

到了江涛的地方,敲开了他的门,把原稿交给了他,我一定要他马上为我看一遍。他默默的在电灯底下读了一遍,斜视了我一眼,便对着我说:

"你这篇小说与主义还合,但是描写得不很好,给你一块钱吧。"

我听了这话,便喜欢得了不得,拿了一块钱,谢了几声,我就告辞退出了他的公馆。在街上走了一会,我觉得我已经成了一个小说家的样子。看看手里捏着的一块银饼，心里就突突的跳跃了起来。走到沪宁火车站的前头，我的脚便不知不觉的进了一家酒馆。我从那家酒馆出来的时候，杭州开来的夜车已经到了。我只觉得我的周围的大地高天，房屋车马都有些在那里旋转的样子；我慢慢的冲来冲去的走着，一边却在心里打算：

"今晚上上什么地方去过夜呢？"

春　潮

一

　　三月中旬一天的午后，和丽的阳光，同爱人的微笑似的，洒满在一处静僻的乡村里，这乡村的前面，流着清沧的钱塘江水，后面有无数的青山，纵横错落的排列在蓝苍的天空里。三五家茅檐泥壁的农家，夹了一条如发的官道，散点在山腰水畔。农家的前后四周，各有几弓空地围着，空地里的杂树，系桑柘之类，地上横着的矮小的树影，有二三尺长。大约已经是午后三点钟了，几声鸡叫的声音，破了静寂的空气，传到江水的边上来。一家农家，靠着江边的高岸。从这农家的门前，穿过一条在花坛里躺着的曲径，就是走下江水边上去的一条有阶段的斜路。这斜路的阶段，并非用石子砌成，不过在泥沙的高岸中，用了铁耙开辟出来的。走下了这泥路的十一二级的阶段,便是贴水的沙滩。沙滩上有许多乱石蚌壳,夹在黄沙青土的中间。日夕的细浪狂潮,把水边的沙石蚌壳,洗涤得明净可爱,一个个在那里反射七色的分光。

在这沙滩的乱石中间,拖着两个小小的影儿,有两个七八岁的小孩,在那里敲磨圆石子。几声鸡叫的声音,传到江水边上的时候,一个蹲近水边的小孩子,仰起头来向高岸上看了一眼,他的小小的头上养着一个罗汉圈。额下的两只眼睛,大得非常,从这两只大眼睛里放出来的黑晶晶的眼光,足可使我们大人惭愧俯首,因为他的这两只眼睛,并不知道社会是怎么的,人与人的纠葛是怎么的,人间的罪恶是怎么的。一个狮子鼻,横在他的红黑的两颊中间。上翻下跷的两条嘴唇的曲线,又添了他一层可爱的样子,一排细密的牙齿,微微的露现在嘴唇中间。他穿的是一件青花布衫。从远处看去他和他旁边蹲着的那女孩子,并无分别,身上穿的青花布衫,身材的长短,全是一样的。但是从他们的前面看来,罗汉圈和丫角不同,红黑的脸色和细白的肉色不同,他的扁圆的面形同她的长方的相貌不同。她虽则也有黑晶晶的两只大眼睛,但她那一副常在微笑的脸色却和他那威猛的面貌大有不同的地方。她比他早生一个月,但是她总叫他"三哥"的,他回头向高岸上一看,看见一只美丽的雄鸡,呆呆的立在桑树的阴影里,他就叫她说:

"秋英!你们的那只雄鸡立在那里。嫚母说,这是给我的,真的么!"

"不给你的,我们家里有六只鸡娘,要它生蛋哩!"

"你别太小气了,雄鸡又不会生蛋的,要它做什么?不如给了我的好,年底下就好杀倒来吃。"

"你只想吃的,没有这雄鸡,鸡娘怎么生蛋呢?"

"你怎么会这样的小气,不肯给我就罢了,我们的谷也不粜给你们了。你把圆石子还我,不要你磨了。"

"给你……给你……给你……"

"不要不要。你快把圆石子还我!"

"…………"

他把秋英手里在那里替他磨的圆石子夺了去之后,秋英就伏在他那小小的手臂上哭了起来。他一声也不响,呆呆的把秋英的身体抱住了。秋英的一声一声的悲泣,与悲泣同时起来的一次一次的身体的微颤,都好像是传到他自家的心里去了的样子。他掉了两颗眼泪,呆呆的立了一忽，看看秋英的气也过了，便柔柔和和的对她说：

"这几颗圆石子都给了你吧。"

一边这样的说，一边他那粗圆的小手，便捏了一把圆石子递给秋英。秋英还是哭得不已，用了右手揩着眼泪，伸了左手去接他交来的圆石子去。他因为秋英那只小手一时拿不起许多圆石子，所以就用了两手去帮她。秋英揩干了眼泪，向他的捧住的两手看了一眼，就对他笑了起来。太阳斜到西面去了。天空的颜色，又深了一层，变成了一种紫蓝色。清沧的钱塘江水，反映着阳光和天宇，起起深红的微波来，好像在那里笑他们两个似的。

二

秋英的父亲，本是一个读书人。当秋英三岁的时候，他染了急病死了。她的父亲在日，秋英的一家原是住在县城里的，有祖遗的许多市房出租，每月的租钱，足足可以支持一家中流人家的费用，所以秋英家里的收入，常被县城里的贫民所欣羡。她父亲死了之后，她的母亲因为秋英的外祖母孤冷不过，所以就带了秋英迁住到这离县十里的穷僻的乡村里来。秋英并无兄弟，所以

沉沦

她母亲非常疼爱她。她家里除了她和她母亲之外,还有一个忠心的老仆,是她祖父时候的佣人,今年已经六十一岁了。秋英和她的母亲搬到这乡下来的时候,她的外祖母还强健得很,去年的冬天,外祖母由伤风得了重症,竟也死去了。秋英虽则说是八岁,其实还未满七岁,因为她是六月二日生的。她的家便是江边高岸上的那一家农家。门朝着钱塘江,风景好得很。她的母亲最爱种花,所以她们的屋前屋后都编着竹篱,满种了些青红的花。她家里本来是小康度日的,自从搬到乡下来之后,更加觉得收入多开支少了,所以她家里颇有一点积蓄。

和秋英在江边游玩的那男孩,是山脚下陈国梁的三儿。陈家和秋英的外祖母家是一家人,所以诗礼——这就是那男孩的名字——和秋英也可算是远房的表姊弟。乡间的习俗每喜欢向富裕人家攀亲,陈国梁也不能脱离这种习气,所以老上秋英家里去说她外祖母长外祖母短的。诗礼的长兄二兄都是务农的,只有诗礼有些聪明的地方,因此诗礼三岁的时候,国梁特进县城去,请秋英的父亲替他起了一个风雅的名字,名叫诗礼。这是秋英的父亲死的前一个月。

诗礼和秋英又是同年,又是表姊弟。所以天晴的时候,他们两人老在江边沙滩上,高岸的草地上,或花园里游玩;天雨的时候,诗礼每跑到秋英的家里来,和秋英两个开店,画菩萨,做戏的。秋英的亲的表弟兄,都已长大,是以秋英反和诗礼相亲相爱,和自家的亲的表弟兄,却不时常在一处。

秋英的母亲,因为秋英没有同伴,所以诗礼上她们家里去玩的时候,也非常喜欢。有糕饼的时候,秋英的母亲每平分给他们,由他们两个坐在屋角的小椅上不声不响的分食。有一次秋英从她母亲处得了六个蛋糕,因为诗礼不来,所以秋英也不愿一个人吃。用了纸包好,藏在那里。后来诗礼来了,秋英把蛋糕拿了出来与诗礼两个拿到花底下去请菩萨,请了菩萨就分来吃,秋英还没有吃完一个的时候,诗礼却早把三个都吃完了,秋英把剩下的又分一个给他,他却不再吃了,红了脸就跑回家去。

三

烂熟的春光,带着了沉酣的和热,流露在钱塘江的绿波影里,江上两岸的杂树枝头,树下的泥沙地面,都罩着一层嫩绿的绒衣,有一种清新的香味蒸吐出来。四月初旬的午后的阳光，同疾风雷雨一般，洒遍在钱塘江岸村落的空中。澄明的空气里波动着的远远的蜂声，绝似诱人入睡的慈母的歌唱，这正是村人野老欲伸腰偷懒的时候，这也是青年男女为情舍命的时候。

吃了午饭，看看他的哥哥们都上田里去耕作去了，诗礼就一个人跑上秋英家来。在这似烟似梦的阳春景里，今日诗礼不晓为了什么原因，他的小小的眉间带着几分隐忧。一路上看看树头的青枝绿叶，听听远近的小鸟歌声，他的小小的胸怀，终觉得不能同平日一样的开畅起来。走到了秋英的家里，他看见秋英正在那里灌庭前园里的草花。帮秋英灌了一忽花，诗礼就叫秋英出来上后面山上去采红果儿去。从绿荫的底下穿绕了一条曲径，走到山腹的一块岩石边上的时候，诗礼回转头来，看见澄清如练的一条春水中间，映着一张同海鸥似的白色的风帆，呆看了一刻，他就叫秋英说：

"你看那张风帆，我不久也要乘了那么大的船上杭州去。"

"杭州？你一个人去么？"

"爸爸同我去的，他说我在家里没用，要送我上杭州纸行里学生意去。"

"你喜欢去么？"

"我很喜欢去，因为我听爸爸说，杭州比这里热闹得多。昨天晚上，我们正在那里讲杭州的时候，妈妈忽然哭了起来，爸爸同她闹了一场。我见妈妈一个人进房去睡，所以也跟了进去，她放下了洋灯，忽然把我紧紧的抱住，说：'你到外边去可要乖些，不要不听人的话。'我听了她的话，也觉得难过，所以就同她哭了一场。"

秋英听了这话，也觉得有些心酸，她的眼睛，便红了一圈，呆呆的对江心的风帆看了一忽，她就催诗礼回去，说：

"我们回到家里去吧，怕妈妈在那里等我。"

秋英听了诗礼的话，见了江心浮着的那载人离别的飞帆，就也想起她家里的母亲来了。

四

时间不声不响的转换了，原上的青草，渐渐儿郁茂起来，树木的枝叶也从淡淡的新绿变成了苍苍的深色。钱塘江的水量在杀信的时候，一直的减了下去。平时看不见的蛤蚌的躯壳，和贴近江底的玲珑的奇石，都显现出来。晴天一天一天的连续过去，梅雨过后的炎热，渐

沉沦

渐儿增加起来了。

五月将尽的一天早晨,诗礼同太阳同时起了床。他母亲用了细心替他洗了手脸,又将一件半新的竹布长衫替他穿上。他乘他父亲在那里含着了怒气问答的时候,就偷了空闲跑上秋英家里来。

诗礼的家住在后面山脚下,从他家里走上秋英的地方,足有五六分钟的路程,要走过一处草地,一条大路。走过草地的时候,诗礼见有几棵蒲公英,含着了珠露,黄黄的在清新的早晨空气里吐气。他把穿不惯的长衫拖了一把,便伏倒去把那几棵蒲公英连根的掘了起来。走到秋英家里的时候,他见秋英呆呆的立在竹篱边上,看花上的朝阳。他跑上秋英身边去叫了一声,秋英倒惊了一跳,含着微笑对他说:

"你今天起来得这样早?"

"你也早啊。"

"衣兜里捧着的是什么?"

"你猜!"

"花儿。"

"被你猜着了。"

诗礼就把他采来的蒲公英拿出来给她看,这原来是

她最喜欢的花儿,所以秋英便跑近他的身来抢着说:

"我们去种它在园里吧。"

两人把花种好之后,诗礼又从他的袋里拿出了几颗圆洁滑润的石子来给她说:

"我要上杭州去,用不着这些圆石子了,你拿着玩吧。"

秋英对他呆看了一眼说:

"你几时上杭州去?你去了,我要圆石子做什么,和谁去赌输赢呢?"

诗礼把圆石子向地上一丢,也不再讲话,一直的跑回家去了。秋英呆呆的看他跑回去的影子渐渐儿的小了下去,她的眼睛忽而朦胧起来,诗礼刚讲的"我要上杭州去"的那句话同电光似的闪到她那小小的脑里的时候,她只觉得一种凄凉寂寞的感觉,同潮也似的压上她的心来。

呆呆的立了一会,她竟放大了声音,啼哭起来了。